SAS

DRAGON ROUGE

SAS : Je souhaite recevoir

- les volumes cochés ci-dessous au prix de 7,35 € l'unité, soit :

N° ....

.... livres à 7,35 € = ...€

+ frais de port = ...€

(1 vol. : 1,70 €, 1 à 3 vol. : 3,50 €, 4 vol. et plus : 5,00 €)

TOTAL .... (ajouter à TOTAL abonnements) .... = ...€

DU MÊME AUTEUR

(* titres épuisés)

*N° 1 S.A.S. A ISTANBUL
N° 2. S.A.S. CONTRE C.I.A.
*N° 3. S.A.S. OPÉRATION APOCALYPSE
N° 4. SAMBA POUR S.A.S.
*N° 5. S.A.S. RENDEZ-VOUS A SAN FRANCISCO
*N° 6. S.A.S. DOSSIER KENNEDY
N° 7 S.A.S. BROIE DU NOIR
*N° 8. S.A.S. AUX CARAÏBES
*N° 9. S.A.S. A L'OUEST DE JERUSALEM
*N° 10. S.A.S. L'OR DE LA RIVIERE KWAI
*N° 11 S.A.S. MAGIE NOIRE A NEW YORK
N° 12. S.A.S. LES TROIS VEUVES DE HONG KONG
*N° 13. S.A.S. L'ABOMINABLE SIRÈNE
N° 14. S.A.S. LES PENDUS DE BAGDAD
N° 15. S.A.S. LA PANTHÈRE D'HOLLYWOOD
N° 16. S.A.S. ESCALE A PAGO-PAGO
N° 17 S.A.S. AMOK A BALI
N° 18. S.A.S. QUE VIVA GUEVARA
N° 19. S.A.S. CYCLONE A L'ONU
N° 20. S.A.S. MISSION A SAÏGON
N° 21 S.A.S. LE BAL DE LA COMTESSE ADLER
N° 22. S.A.S. LES PARIAS DE CEYLAN
N° 23. S.A.S. MASSACRE A AMMAN
N° 24. S.A.S. REQUIEM POUR TONTONS MACOUTES
N° 25. S.A.S. L'HOMME DE KABUL
N° 26. S.A.S. MORT A BEYROUTH
N° 27 S.A.S. SAFARI A LA PAZ
N° 28. S.A.S.L'HEROÏNE DE VIENTIANE
N° 29. S.A.S. BERLIN CHECK POINT CHARLIE
N° 30. S.A.S. MOURIR POUR ZANZIBAR
N° 31 S.A.S. L'ANGE DE MONTEVIDEO
*N° 32. S.A.S. MURDER INC. LAS VEGAS
N° 33. S.A.S. RENDEZ-VOUS A BORIS GLEB
N° 34. S.A.S. KILL HENRY KISSINGER !
N° 35. S.A.S. ROULETTE CAMBODGIENNE
N° 36. S.A.S. FURIE A BELFAST
N° 37 S.A.S. GUÊPIER EN ANGOLA
N° 38. S.A.S. LES OTAGES DE TOKYO
N° 39. S.A.S. L'ORDRE RÈGNE A SANTIAGO
*N° 40. S.A.S. LES SORCIERS DU TAGE
N° 41 S.A.S. EMBARGO
*N° 42. S.A.S. LE DISPARU DE SINGAPOUR
N° 43. S.A.S. COMPTE A REBOURS EN RHODESIE
N° 44. S.A.S. MEURTRE A ATHENES
N° 45 S.A.S. LE TRÉSOR DU NEGUS
N° 46. S.A.S. PROTECTION POUR TEDDY BEAR
N° 47 S.A.S. MISSION IMPOSSIBLE EN SOMALIE
N° 48. S.A.S. MARATHON A SPANISH HARLEM
*N° 49. S.A.S. NAUFRAGE AUX SEYCHELLES
N° 50. S.A.S. LE PRINTEMPS DE VARSOVIE
N° 51 S.A.S. LE GARDIEN D'ISRAËL
N° 52. S.A.S. PANIQUE AU ZAÏRE
N° 53. S.A.S. CROISADE A MANAGUA
N° 54. S.A.S. VOIR MALTE ET MOURIR
N° 55. S.A.S. SHANGHAÏ EXPRESS
*N° 56. S.A.S. OPÉRATION MATADOR
N° 57 S.A.S. DUEL A BARRANQUILLA
*N° 58. S.A.S. PIEGE A BUDAPEST
*N° 59. S.A.S. CARNAGE A ABU DHABI
N° 60. S.A.S. TERREUR AU SAN SALVADOR
*N° 61 S.A.S. LE COMPLOT DU CAIRE
N° 62. S.A.S. VENGEANDE ROMAINE
N° 63. S.A.S. DES ARMES POUR KHARTOUM
N° 64. S.A.S. TORNADE SUR MANILLE
*N° 65. S.A.S. LE FUGITIF DE HAMBOURG
*N° 66. S.A.S. OBJECTIF REAGAN
N° 67 S.A.S. ROUGE GRENADE
*N° 68. S.A.S. COMMANDO SUR TUNIS
N° 69. S.A.S. LE TUEUR DE MIAMI
*N° 70. S.A.S. LA FILIERE BULGARE
*N° 71 S.A.S. AVENTURE AU SURINAM
*N° 72. S.A.S. EMBUSCADE A LA KHYBER PASS
*N° 73. S.A.S. LE VOL 007 NE RÉPOND PLUS
N° 74. S.A.S. LES FOUS DE BAALBEK
*N° 75. S.A.S. LES ENRAGÉS D'AMSTERDAM
*N° 76. S.A.S. PUTSCH A OUAGADOUGOU
N° 77 S.A.S. LA BLONDE DE PRÉTORIA

Nº 78. S.A.S. LA VEUVE DE L AYATOLLAH
Nº 79. S.A.S. CHASSE A L'HOMME AU PEROU
*Nº 80. S.A.S. L'AFFAIRE KIRSANOV
Nº 81 S.A.S. MORT A GANDHI
Nº 82. S.A.S. DANSE MACABRE A BELGRADE
*Nº 83. S.A.S. COUP D'ÉTAT AU YEMEN
*Nº 84. S.A.S. LE PLAN NASSER
*Nº 85. S.A.S. EMBROUILLES A PANAMA
*Nº 86. S.A.S. LA MADONNE DE STOCKHOLM
Nº 87. S.A.S. L'OTAGE D'OMAN
Nº 88. S.A.S. ESCALE A GIBRALTAR
Nº 89. S.A.S. AVENTURE EN SIERRA LEONE
Nº 90. S.A.S. LA TAUPE DE LANGLEY
*Nº 91 S.A.S. LES AMAZONES DE PYONGYANG
Nº 92. S.A.S. LES TUEURS DE BRUXELLES
*Nº 93. S.A.S. VISA POUR CUBA
*Nº 94. S.A.S. ARNAQUE A BRUNEI
*Nº 95. S.A.S. LOI MARTIALE A KABOUL
*Nº 96. S.A.S. L'INCONNU DE LENINGRAD
Nº 97. S.A.S. CAUCHEMAR EN COLOMBIE
Nº 98. S.A.S. CROISADE EN BIRMANIE
Nº 99. S.A.S. MISSION A MOSCOU
Nº 100. S.A.S. LES CANONS DE BAGDAD
*Nº 101. S.A.S. LA PISTE DE BRAZZAVILLE
*Nº 102. S.A.S. LA SOLUTION ROUGE
Nº 103. S.A.S. LA VENGEANCE DE SADDAM HUSSEIN
Nº 104. S.A.S. MANIP A ZAGREB
Nº 105. S.A.S. KGB CONTRE KGB
Nº 106. S.A.S. LE DISPARU DES CANARIES
*Nº 107 S.A.S. ALERTE AU PLUTONIUM
Nº 108. S.A.S. COUP D'ETAT A TRIPOLI
Nº 109. S.A.S. MISSION SARAJEVO
Nº 110. S.A.S. TUEZ RIGOBERTA MENCHU
Nº 111. S.A.S. AU NOM D'ALLAH
Nº 112. S.A.S. VENGEANCE A BEYROUTH
Nº 113. S.A.S. LES TROMPETTES DE JÉRICHO
Nº 114. S.A.S. L'OR DE MOSCOU
Nº 115. S.A.S. LES CROISÉS DE L'APARTHEID
Nº 116. S.A.S. LA TRAQUE CARLOS
– Nº 117 S.A.S. TUERIE A MARRAKECH
*Nº 118. S.A.S. L'OTAGE DU TRIANGLE D'OR
*Nº 119. S.A.S. LE CARTEL DE SEBASTOPOL
*Nº 120. S.A.S. RAMENEZ-MOI LA TÊTE D'EL COYOTE
*Nº 121 S.A.S. LA RÉSOLUTION 687
Nº 122. S.A.S. OPÉRATION LUCIFER
Nº 123. S.A.S. VENGEANCE TCHÉTCHÈNE
Nº 124. S.A.S. TU TUERAS TON PROCHAIN
*Nº 125. S.A.S. VENGEZ LE VOL 800
*Nº 126. S.A.S. UNE LETTRE POUR LA MAISON BLANCHE
Nº 127 S.A.S. HONG KONG EXPRESS
Nº 128. S.A.S. ZAIRE ADIEU

AUX EDITIONS GERARD DE VILLIERS

Nº 129. S.A.S. LA MANIPULATION YGGDRASIL
*Nº 130. S.A.S. MORTELLE JAMAIQUE
Nº 131. S.A.S. LA PESTE NOIRE DE BAGDAD
*Nº 132. S.A.S. L'ESPION DU VATICAN
*Nº 133. S.A.S. ALBANIE MISSION IMPOSSIBLE
*Nº 134. S.A.S. LA SOURCE YAHALOM
Nº 135. S.A.S. CONTRE P.K.K.
Nº 136. S.A.S. BOMBES SUR BELGRADE
Nº 137 S.A.S. LA PISTE DU KREMLIN
Nº 138. S.A.S. L'AMOUR FOU DU COLONEL CHANG
*Nº 139. S.A.S. DJIHAD
*Nº 140. S.A.S. ENQUÊTES SUR UN GÉNOCIDE
*Nº 141 S.A.S. L'OTAGE DE JOLO
Nº 142. S.A.S. TUEZ LE PAPE
*Nº 143. S.A.S. ARMAGEDDON
Nº 144. S.A.S. LI SHA-TIN DOIT MOURIR
*Nº 145 S.A.S. LE ROI FOU DU NEPAL
Nº 146. S.A.S. LE SABRE DE BIN LADEN
*Nº 147 S.A.S. LA MANIP DU « KARIN A »
Nº 148. S.A.S. BIN LADEN LA TRAQUE
*Nº 149. S.A.S. LE PARRAIN DU « 17-NOVEMBRE »
Nº 150. S.A.S. BAGDAD EXPRESS
*Nº 151 S.A.S. L'OR D'AL-QAÏDA
*Nº 152. S.A.S. PACTE AVEC LE DIABLE
Nº 153. S.A.S. RAMENEZ-LES VIVANTS
Nº 154. S.A.S. LE RESEAU ISTANBUL
*Nº 155. S.A.S. LE JOUR DE LA TCHEKA
*Nº 156. S.A.S. LA CONNEXION SAOUDIENNE
*Nº 157 S.A.S. OTAGE EN IRAK
*Nº 158. S.A.S. TUEZ IOUCHTCHENKO
*Nº 159. S.A.S. MISSION · CUBA
*Nº 160. S.A.S. AURORE NOIRE
*Nº 161 S.A.S. LE PROGRAMME 111
*Nº 162. S.A.S. QUE LA BÊTE MEURE
*Nº 163. S.A.S. LE TRÉSOR DE SADDAM Tome I
Nº 164. S.A.S. LE TRÉSOR DE SADDAM Tome II
*Nº 165. S.A.S. LE DOSSIER K.
Nº 166. S.A.S. ROUGE LIBAN
*Nº 167 S.A.S. POLONIUM 210
Nº 168. S.A.S. LE DÉFECTEUR DE PYONGYANG Tome I
Nº 169. S.A.S. LE DÉFECTEUR DE PYONGYANG Tome II
*Nº 170. S.A.S. OTAGE DES TALIBAN
*Nº 171 S.A.S. L'AGENDA KOSOVO
Nº 172. S.A.S. RETOUR A SHANGRI-LA
*Nº 173. S.A.S. AL-QAÏDA ATTAQUE Tome I
*Nº 174. S.A.S. AL-QAÏDA ATTAQUE Tome II
Nº 175. S.A.S. TUEZ LE DALAI-LAMA
Nº 176. S.A.S. LE PRINTEMPS DE TBILISSI
Nº 177 S.A.S. PIRATES
Nº 178. S.A.S. LA BATAILLE DES S 300 Tome I
Nº 179. S.A.S. LA BATAILLE DES S 300 Tome II
Nº 180. S.A.S. LE PIÈGE DE BANGKOK
Nº 181 S.A.S. LA LISTE HARIRI
Nº 182. S.A.S. LA FILIÈRE SUISSE
Nº 183. S.A.S. RENEGADE Tome I
Nº 184. S.A.S. RENEGADE Tome II
Nº 185. S.A.S. FÉROCE GUINEE
Nº 186. S.A.S. LE MAÎTRE DES HIRONDELLES
Nº 187 BIENVENUE A NOUAKCHOTT
Nº 188. DRAGON ROUGE

COMPILATION DE 5 SAS

LA GUERRE FROIDE Tome I (20 €)
*LA GUERRE FROIDE Tome 2 (20 €)
LE CONFLIT ISRAELO-PALESTINIEN (20 €)
LA TERREUR ISLAMISTE (20 €)
*GUERRE EN YOUGOSLAVIE (20 €)
GUERRES TRIBALES EN AFRIQUE (20 €)
L'ASIE EN FEU (20 €)
LA GUERRE FROIDE Tome 3 (20 €)
LES GUERRES SECRETES DE PEKIN (20 €)
REVOLUTIONNAIRES LATINOS (20 €)
RUSSIE ET CIA (20 €)
LA GUERRE FROIDE Tome 4 (20 €)
TUMULTUEUSE AFRIQUE (20 €)
LA GUERRE FROIDE Tome 5 (20 €)
CONFLITS LATINOS (20 €)
VIOLENCES AU MOYEN-ORIENT (20 €)

GÉRARD DE VILLIERS

SAS

DRAGON ROUGE

Tome II

Éditions Gérard de Villiers

Photographe : Patrick CARPENTIER
Maquillage : Laura MERLE
Modèle : Parisa
Armurerie : Répliques prêtées par CYBERGUN STORE
121, rue Legendre
75017 Paris

ISBN 978-2-360-53-0144

CHAPITRE PREMIER

Ling Sima continuait à fixer Malko, flamboyante de rage, les traits déformés par la fureur. Il s'attendait presque à ce qu'elle se jette sur lui. Mais, Dieu, qu'elle était belle ! Presque sans le vouloir, Malko soupira.

– Tu es toujours aussi belle…

Cette remarque sembla accroître encore la fureur de la Chinoise.

– Tu as fait quinze mille kilomètres pour me faire la cour ! lança-t-elle avec ironie.

Malko saisit la balle au bond.

– Pourquoi crois-tu que je t'ai appelée ?

De nouveau, Ling Sima éclata.

– Tu me prends pour une imbécile ! Chaque fois que tu m'as contactée à Bangkok, c'était pour que je rende service. C'est ce que j'ai fait, je crois…

– Absolument, confirma Malko, mais tu sais bien qu'il n'y avait pas que cela. La première fois où nous avons fait l'amour, je ne t'avais encore rien demandé. J'ai simplement été attiré par toi. Pour moi, c'était un très beau souvenir. Si je me souviens bien, tu avais à peu près la même tenue qu'aujourd'hui.

Ling Sima s'apaisa imperceptiblement mais fit d'un ton sec :

– Ne parle pas de ça. Je ne plaisante pas, je *veux* que tu quittes la Chine, dès demain.

– Pourquoi ?

Le regard de Ling Sima le transperça comme un laser.

– Tu oublies *qui* tu es et *qui* je suis…

Malko ironisa.

– Tu ne me demandes pas pourquoi tes amis du Guoanbu m'ont laissé entrer dans ton pays ? Cela devrait te rassurer….

Ling Sima haussa les épaules.

– Chez nous, il y a *aussi* des imbéciles.

– Fais l'expérience, proposa Malko, plains-toi de ma présence. Tu verras bien.

Après un bref silence, la Chinoise répéta :

– Je veux que tu partes ! Tu pourrais me faire beaucoup de tort. Tu ne connais pas nos règles intérieures.

– Personne ne sait que nous nous sommes vus, répliqua Malko. Et si tu ne souhaites pas me revoir, c'est ton choix.

La Chinoise lui jeta un regard presque méprisant.

– Tu t'imagines que tu n'es pas suivi et surveillé ? En plus, l'endroit où nous nous trouvons appartient à mon Service. La femme là-bas, en fait partie. Elle nous surveille.

– Il est normal que je t'appelle, soutint Malko. Le Guoanbu sait parfaitement ce qui s'est passé à Bangkok.

– À Bangkok, c'était la Thaïlande, j'avais plus de liberté qu'ici. Nous sommes en Chine, à Pékin. C'est différent. En plus, tu ne m'as jamais demandé d'agir contre mon Service.

– Et je ne te le demanderai jamais ! Je sais que tu n'es pas une traîtresse à ton pays.

Malko semblait tellement sincère que Ling Sima en fut visiblement troublée. Pourtant, une nouvelle fois, elle répéta :

– Je veux que tu repartes de Chine !

– C'est idiot, objecta Malko, tu n'es pas obligée de me voir. Si aujourd'hui, tu ne m'avais pas répondu, nous ne serions pas ici.

Têtue, la jeune femme répliqua sèchement :

– Les gens de mon Service savent que nous nous connaissons. Cela suffit. Tu ne les connais pas : ils voient le mal partout.

Malko décida de la déstabiliser.

– Savent-ils que tu as été ma maîtresse ?

Ling Sima demeura muette quelques instants. Malko vit dans son regard qu'elle marquait le coup, puis elle laissa tomber :

– Ce sont des choses dont on ne parle jamais. Et puis, je n'ai jamais été ta *maîtresse*, nous avons parfois fait l'amour, comme je l'ai fait avec d'autres hommes.

La femme réapparaissait. Malko ne put s'empêcher de sourire. Au même moment, une rafale de vent glacé balaya la petite cour. Ce qui lui donna une idée.

– Je voudrais te montrer quelque chose, dit-il.

– Quoi ?

– Pas ici, viens.

– Où ?

– Là-bas.

Il désignait la chambre vide qu'il avait « explorée ». Ling Sima eut un haut-le-corps.

– Pourquoi veux-tu m'emmener là ?

– Parce qu'il fait froid, répliqua placidement Malko et que je n'aime pas parler en plein air, observé par cette femme.

– Qui va nous voir entrer dans une chambre, ricana la Chinoise.

– Et alors ? Cela ne veut rien dire. Viens.

Comme elle ne bougeait pas, il la prit par le bras, mais elle résista : on aurait dit qu'elle était vissée au sol.

– Puisque tu ne veux pas quitter la Chine, lança-t-elle, je m'en vais et tu ne me reverras jamais.

Malko la toisa ironiquement.

– Tu n'as pas envie de savoir *pourquoi* je suis à Pékin ? C'est pourtant la première question que tu m'as posée…

– Pourquoi ?

– Viens, je vais te le dire.

Cette fois, il l'entraîna avec un peu plus de force et elle décolla du sol. Il n'y avait que quelques mètres à parcourir, mais cela parut interminable à Malko. Il venait de prendre sa décision.

Il se trouvait à Pékin pour savoir si l'information transmise par Lou Zhao était le fantasme d'un ivrogne, une réalité ou une manip des autorités chinoises. À ce stade, la seule personne qui pouvait l'aider, c'était Ling Sima. Bien que ce soit aussi risqué que de manier un serpent à sonnette : il n'était aucunement sûr de sa loyauté. Cependant, elle appartenait au système, et cela pouvait être précieux.

Ils pénétrèrent dans la chambre où il faisait presque aussi froid qu'à l'extérieur.

Malko referma la porte, prit son passeport dans sa poche et le tendit à Ling Sima.

– Regarde !

***

La Chinoise feuilleta le document, s'attardant sur la page du visa, le referma et le tendit à Malko.

– C'est un visa véritable ? demanda-t-elle, plantée au milieu de la chambre.

Malko sourit.

– Tu crois tes amis assez naïfs pour se faire avoir par un passeport falsifié ? C'est un *vrai* visa et il a été accepté par le *Guoanbu*, officiellement. Donc, tu vois que tu ne peux pas me faire quitter la Chine.

Désarçonnée, Ling Sima s'assit sur le bord du lit, Malko restant debout ; ce n'était pas le moment de l'effaroucher… Elle alluma une cigarette, souffla la fumée et leva un regard sur Malko.

– Très bien, pourquoi es-tu là ?

Malko avait préparé sa réponse.

– Il s'agit d'une affaire d'État, dit-il. Le problème c'est que j'ignore si j'ai le droit de t'en parler…

Elle lui adressa un regard furibond.

– Tu te moques de moi ?

– Non. Il s'agit d'une affaire très secrète. Connue seulement de quelques-uns des dirigeants chinois. Je t'en parlerai volontiers, si je suis certain que j'en ai le droit.

– Comment ?

– Très simplement. Il faudrait que tu parles de cette rencontre avec ta hiérarchie et que tu leur dises que je n'ai pas voulu te dire ce que je faisais ici. C'est à *eux* de dire si tu as le droit de connaître cette information.

Ling Sima lui jeta un regard presque hostile.

– Je peux te mentir.

Il secoua la tête.

– Tu ne prendrais pas ce risque, vis-à-vis de ta Maison. Si tu te retrouvais en possession d'une information secrète que tu n'as pas le droit de détenir, les conséquences seraient très graves. Pour toi.

Ling Sima tira longuement sur sa cigarette. Elle savait que Malko avait raison. En Chine, tout citoyen détenteur d'un secret qui ne lui était pas destiné risquait le séjour au *Lao-Gai* ou, pire, la balle dans la nuque.

– Que proposes-tu ? lança-t-elle sèchement.

– C'est très simple, tu rends compte de cette rencontre qui est sûrement déjà connue et tu leur expliques ma position. Si on t'autorise à connaître la raison de mon séjour à Pékin, tu me le diras. Dans le cas contraire, tu n'es pas obligée de me revoir…

Ils se toisèrent quelques instants, puis Ling Sima se leva du lit et toisa Malko. De nouveau furieuse.

– Tu m'entraînes dans une drôle d'histoire ! lâcha-t-elle. Je n'aurais jamais dû te donner ce rendez-vous.

Malko omit de lui dire qu'*on* lui avait peut-être conseillé de l'accepter. On était en Chine et on jouait aux échecs.

– Je ne t'entraîne dans rien du tout, protesta-t-il. La raison pour laquelle je voulais te rencontrer était tout autre.

– Laquelle ?

C'était le moment de jouer son joker. Les choses étaient déjà trop engagées pour que Ling Sima puisse faire marche arrière de sa propre initiative.

Il se rapprocha d'elle et passa un bras autour de sa taille.

– Lorsque j'ai su que tu étais à Pékin, j'ai eu envie de te revoir. Pour toi, car je ne pense pas que tu puisses m'aider dans ma mission.

Il sentit la Chinoise se raidir. Leurs visages se trouvaient à quelques centimètres l'un de l'autre. Pendant un moment le temps sembla suspendu. Puis, Malko vit l'expression de Ling Sima changer.

– Tu mens, fit-elle.

Pourtant, elle ne chercha pas à se dégager et il sembla à Malko que son corps s'assouplissait légèrement. Retenant son souffle, sans la lâcher, de la main gauche, il fit descendre le zip de son blouson de cuir noir, révélant un pull de cachemire rouge qui moulait sa poitrine de très près.

– Décidément, répéta-t-il, tu es toujours aussi désirable.

Ling Sima ne répondit pas. Sa respiration s'était légèrement accélérée.

D'un geste très doux, Malko laissa sa main errer sur le cuir noir moulant ses fesses et dit à voix basse.

– J'ai toujours envie de toi.

Il y avait forcément des micros dans la pièce, mais le Guoanbu se moquait de la vie sexuelle de Ling Sima. Au contraire, les Chinois avaient toujours privilégié ce qu'ils appelaient *meiren Ji* [1]. Cela depuis l'empereur Tsui-Hui.

– Moi, pas, laissa tomber Ling Sima, glaciale.

Sans se soucier de cette remarque glaçante,

1. Le stratagème de la belle.

Malko se rapprocha imperceptiblement de la Chinoise, assez pour que leurs corps se touchent. En même temps, il appuya légèrement sur sa croupe. Miracle, le bassin de Ling Sima bascula en avant, collant la jeune femme à Malko.

Malko attendit quelques secondes, puis s'enhardit, caressant légèrement la poitrine de Ling Sima, à travers le cachemire. La Chinoise ne se défendait pas mais demeurait inerte, comme les jeunes filles qui voudraient se lâcher mais n'osent pas.

– Tu te souviens du *Yaa-Baa* ? demanda-t-il doucement.

Une mémorable séance d'érotisme où Ling Sima s'était déchaînée. Elle ne répondit pas mais le laissa continuer à la caresser, d'une façon de plus en plus appuyée. Son entêtement fut récompensé.

Il vit les longues pointes de ses seins se dresser, moulées par le cachemire.

Son regard remonta au visage de Ling Sima. Ses traits s'étaient détendus, mais elle demeurait strictement immobile.

Malko n'osait pas l'embrasser, pour ne pas rompre le charme. Pour l'instant, elle faisait semblant d'ignorer son manège.

Peu à peu, le sang avait afflué dans le ventre de Malko. Son membre durcissait tout seul. Alors, il osa un nouveau pas. Se frottant doucement contre le pantalon de cuir noir, ce qui acheva de développer son érection. Désormais, Ling Sima ne pouvait pas

ignorer ce sexe dressé contre son ventre. Elle ferma les yeux et laissa échapper un seul mot :

– *Huan dan* ! [1].

Comme si elle lui en voulait de la troubler.

Malko ne pensait plus à la CIA, mais seulement au ventre de Ling Sima. D'un geste décidé, il saisit le zip du pantalon de cuir noir. Cette fois, la Chinoise posa la main sur la sienne.

– Non.

Là, elle ne jouait plus.

Frustré, Malko prit la main de Ling Sima et la plaqua contre son membre. Il sentit les doigts de la jeune femme hésiter, puis, ils se crispèrent brusquement sur lui. Comme pour en prendre possession.

Malko ne sentait plus le froid.

– Viens, dit-il en l'entraînant vers le lit.

Ling Sima se laissa faire, mais, au lieu de se coucher, elle s'assit. Des deux mains, elle saisit le zip de Malko et le descendit.

Trente secondes plus tard, sa bouche se refermait sur lui. Malko eut un choc. La fellation d'une femme sensuelle a toujours été un des plus grands plaisirs de l'érotisme. Penchée sur lui, Ling Sima lui en administrait une parfaite.

Il n'avait plus qu'une idée : se laisser faire.

C'était quand même une belle victoire ! Ce n'est qu'en se sentant partir qu'il appuya sur les cheveux noirs de Ling Sima, pour qu'elle ne croie pas qu'il se laissait faire passivement.

1. Salaud !

C'est, son sexe enfoncé loin dans la bouche de la jeune femme, qu'il se lâcha avec un cri rauque.

Un moment exquis.

Ling Sima ne le garda que quelques secondes dans sa bouche et se redressa. Évidemment, les micros n'avaient pu enregistrer grand-chose.

D'un bond, la jeune femme fut debout, referma son blouson, et jeta à Malko :

– J'espère que tu es content !

Du même pas assuré, elle gagna la porte et sortit, la claquant derrière elle.

Malko profita encore quelques instants des dernières ondes de plaisir puis se remit à faire marcher son cerveau.

Pas mécontent.

Désormais, il était certain que le Guoanbu allait savoir la raison véritable de son séjour en Chine. Allait-il utiliser Ling Sima pour le manipuler ?

Au moins, à travers elle, il avait un contact *direct* avec ceux qui savaient. À lui de bien jouer ses cartes. De toute façon c'était un grand pas en avant. Même si Ling Sima était aussi fiable qu'un serpent à sonnette. Avant tout, elle était chinoise et membre du Guoanbu.

Il n'y avait plus qu'à attendre le prochain contact.

Un pas de géant qui n'était que minuscule par rapport à tout ce que Malko devait apprendre.

CHAPITRE II

Le bureau se trouvait au dernier étage du siège du Guoanbu, au 14 de l'avenue Dongchang'an et ses fenêtres donnaient sur la place Tien An Men. Celle-ci, exceptionnellement, était bouclée à cause d'une manifestation de dissidents qui devait se tenir théoriquement dans la journée. Démasquée par le Guoanbu, heureusement. Des centaines de policiers en vert, en gilet pare-balles G.K. par-dessus leur tenue, houspillaient les automobilistes pour qu'ils ne s'arrêtent pas. Ceux-ci n'avaient même pas le droit de baisser leurs glaces, au cas où ils auraient voulu jeter des tracts…

Ceux qui tenaient cette réunion ne se souciaient pas de ces contingences subalternes, dans une ambiance tendue.

Un grand plateau où trônait une théière occupait le centre de la table ronde et chaque participant à la réunion avait une tasse devant lui.

Zhou Yong Kang, le n° 3 du Régime chinois, et aussi le « parrain » du Guoanbu, s'adressa à l'homme placé à sa droite.

– Quel a été le résultat de votre démarche ? demanda-t-il.

Guo Dakai, le responsable du Bureau n° 3 du Guoanbu, celui des Opérations Spéciales, ouvrit son dossier, visiblement satisfait de lui.

– Le résultat est positif, annonça-t-il. J'ai débriefé moi-même l'agent Ling Sima. Voici la transcription de sa déclaration.

Il poussa plusieurs feuillets vers Zhou Yong Kang qui s'en empara et commença à lire dans un silence absolu. Lorsqu'il reposa les papiers, il semblait lui aussi satisfait.

– C'est en effet une bonne prise de contact. Vous féliciterez l'agent Ling Sima.

Ling Sima, revenue à Pékin, parce que le Guoanbu n'aimait pas laisser ses agents trop longtemps à l'étranger, avait été affectée provisoirement au Bureau n° 3, sans attribution précise. Ce qui lui permettait de rédiger des rapports sur son long séjour à Bangkok et sur les dirigeants des Triades qu'elle avait utilisés.

Dès son retour à Pékin, le Guoanbu lui avait attribué un superbe appartement dans l'immeuble Poly. Sa couverture était simple : elle distribuait en Chine des marques de luxe étrangères et opérait à partir d'un bureau situé dans le centre.

Zhou Yong Kang transmit le document à son voisin de gauche, un technocrate effacé, mais muet comme une tombe, dont la discrétion lui avait permis d'accéder à une des officines les plus secrètes du Régime : le Bureau des Secrets d'État. Zhou Yong Kang avait été obligé de le tenir au courant, sous peine de déclencher une guerre administrative.

Un autre participant, Hai Ping, qui avait le rang de vice-ministre et était le représentant du Parti au sein du Guoanbu, tendit la main.

– Puis-je voir ce document ?

Son voisin le lui tendit. Il le parcourut rapidement et releva la tête.

– L'agent Ling Sima a, semble-t-il, eu des rapports intimes avec cet agent de la CIA à Bangkok. Cela ne vous gêne pas ? Cela pourrait fausser son jugement.

Zhou Yong Kang esquissa un sourire.

– Au contraire ! Je suis absolument *sûr* de l'agent Ling Sima. Cet aspect ne peut que faciliter sa tâche.

Personne ne protesta : l'usage de femmes séduisantes pour « retourner » des adversaires était une tradition chinoise.

Encouragé par ce satisfecit, Guo Dakai se tourna vers Zhou Yong Kang.

– Quelles sont les instructions que je dois donner à Ling Sima pour la suite des opérations ?

Le n° 3 du Régime leva la main.

– Je ne les ai pas encore ; je dois rencontrer le président Hu Jin Tao et d'autres personnes. Dès que nous aurons arrêté une ligne de conduite, je vous le ferai savoir.

– Ne tardez pas trop, se permit de remarquer Guo Dakai. Le poisson est ferré, il faut le sortir de l'eau.

Zhou Yong Kang sourit et laissa tomber :

– « Un voyage de mille lieues a toujours commencé par un pas. » Nous n'avons pas à nous précipiter. Il s'agit d'une affaire extrêmement importante. Cet homme est venu en Chine avec une raison précise, il ne va pas abandonner. Et puis, il ne faut pas que les choses paraissent trop faciles. (Il consulta sa montre.) Je dois vous quitter. Vous serez contactés dès que notre ligne sera arrêtée.

Il sortit le premier, évitant de dire qu'il avait rendez-vous pour un bridge, jeu très en faveur chez les dirigeants chinois. Ce qui permettait des contacts intéressants.

***

– Toujours rien ? interrogea Al Snyder.

– Toujours rien, répondit Malko.

Le chef de Station de Pékin secoua la tête.

– Il est possible qu'elle n'ait pas eu l'autorisation de ses chefs de vous revoir.

– Je ne pense pas, objecta Malko. Elle a *forcément* demandé un feu vert pour me rencontrer. Les relations avec les étrangers sont gérées d'une manière très stricte. À propos, vous ignorez où elle demeure et où elle travaille ?

– Hélas ! soupira l'Américain.

– De toute façon, conclut Malko, si elle n'a plus envie de me voir, je peux faire les pieds au mur, cela ne changera rien. Nous ne sommes pas dans une société ouverte.

– Quel est le plan B si elle ne vous rappelle pas ? interrogea l'Américain.

Malko secoua la tête.

– Il n'y a pas de plan B. Cette idée ne vient pas de moi, mais de Ted Boteler. En théorie, il a raison : pour en avoir le cœur net il faut arriver à l'*intérieur* du système. Ling Sima est un vecteur possible, mais je n'en connais pas d'autre. Je me donne encore trois jours avant de décrocher.

Il se revoyait remplissant la bouche de la Chinoise de sa semence. Hélas, ce n'était pas une garantie de fiabilité, seulement une récréation érotique partagée.

– Ne soyons pas naïfs, conclut le chef de Station de la CIA. Les gens du Guoanbu ne vont pas vous ouvrir leur cœur.

– Bien sûr que non, approuva Malko, mais c'est comme dans le jeu de *Go*. C'est une lutte d'intelligence. Effectivement, j'avais fini par penser que les Chinois mordraient à l'hameçon.

– *Take it easy* ! lança l'Américain. Il faut vous changer les idées. Je vais vous emmener dans un endroit amusant, le XIU bar, le seul « bar à champagne » de la ville. C'est l'endroit le plus « in » de Pékin, et puis on y fait des rencontres intéressantes.

Il regarda sa montre.

– Six heures et demie, il est un peu tôt, mais on aura le temps de boire.

Al Snyder appela sa secrétaire pour l'avertir qu'il partait et ils se dirigèrent vers l'ascenseur. L'ambassade se vidait comme un évier : les diplomates et les fonctionnaires du State Department ne faisaient pas d'heures supplémentaires.

Après avoir récupéré sa Ford, Al Snyder émergea du garage et le « marine » de garde abaissa la plaque métallique interdisant l'entrée de l'ambassade.

– Vous avez déjà eu des incidents ? demanda Malko.

L'Américain rit.

– Aucun, mais les Chinois se méfient de tout. Les seules manifestations dirigées contre nous sont celles organisées par le Régime, mais cela ne va jamais loin.

Il prit la rampe menant au troisième périphérique, direction du Sud et ralentit aussitôt : les voitures se touchaient.

– Heureusement, on ne va pas loin ! soupira-t-il.

Effectivement, il s'engagea dans la seconde sortie et tourna à droite. Ils se trouvaient dans le deuxième et le troisième périphérique. Au passage, Malko put lire le nom de la grande artère qu'ils remontaient : Jianguomen Dajié. La continuation de Dongchang'an.

Cette grande voie, l'avenue de la Paix Céleste,

traversait Pékin d'est en ouest sur trente kilomètres, changeant plusieurs fois de nom.

Cinq cents mètres plus loin, Al Snyder ralentit et se gara en face d'une tour. Autant la circulation était difficile, autant on trouvait facilement des places de parking, la plupart des Chinois se déplaçant en taxi, et la police se désintéressait totalement du stationnement sauvage, sauf dans les grandes voies.

La voiture garée en épi le long du trottoir, ils pénétrèrent dans la tour. Aucun signe extérieur d'un bar.

– C'est au sixième étage de la tour Yintai, annonça l'Américain.

Sur le palier du sixième, des cordelières de velours rouges permettaient de filtrer les arrivants. Al Snyder paya l'entrée pour deux – 400 yuans – et ils pénétrèrent dans le XIU bar. À l'entrée, une hôtesse distribuait des flûtes de champagne, derrière un comptoir, à côté du vestiaire.

L'Américain se dirigea vers la droite où les gens se pressaient le long d'un bar, surmonté de centaines de verres, dans une cage de plastique transparent.

Beaucoup de très jolies Chinoises, accompagnées ou en groupe, débordant d'accessoires Vuitton ou Hermès. Très peu d'étrangers. Les gens parlaient fort, pour couvrir le bruit de l'orchestre installé sur un podium. Partout des rangées de bouteilles de champagne.

Les deux hommes prirent place au bar et l'Américain se tourna vers Malko.

– Je sais que vous avez une préférence pour la vodka, mais ici ce n'est pas de mise. Par contre, ils ont tous les champagnes. Que voulez-vous ?

– Taittinger, dit Malko, Blanc de Blancs Rosé.

Al Snyder transmit la commande à un des barmen et on leur apporta des flûtes géantes accompagnées de petits gâteaux.

Le chef de Station de la CIA leva la sienne.

– À votre succès.

C'était presque de l'humour noir.

Les bulles irisées rendirent un peu de moral à Malko qui commença à s'intéresser aux gens qui se trouvaient là. Tous buvaient sec. Grâce aux prix de Pékin, on pouvait s'imbiber sans se ruiner ; en tout cas, les Chinois avaient toutes les meilleures marques de champagne du monde.

C'est-à-dire de France.

Un peu détendu, Malko se pencha vers son voisin.

– Al, dites-moi ce que vous pensez *vraiment* de cette histoire de Taïwan. Pas ce que vous mettriez dans un rapport pour Langley.

L'Américain réfléchit longuement et finit par dire :

– Franchement, avoua-t-il, je n'ai pas d'opinion arrêtée. Simplement un sentiment diffus dû à ma connaissance du pays. Je crois que *tout* est possible. Les Chinois sont imprévisibles, comme les requins et leur système de pensée n'est pas le nôtre.

« Surtout, nous n'avons aucune source fiable dans le Premier Cercle du pouvoir. Le dernier défecteur remonte à vingt-cinq ans. La D.R. a essayé d'en débaucher à l'étranger, toujours en vain.

– Et les moyens techniques ?

Al Snyder eut un sourire amer.

– On a *tout* essayé. En août 2002, les États-Unis ont livré aux Chinois un Boeing 767 destiné au président Jiang Ze Min. il devait être utilisé pour la première fois en octobre par le dirigeant chinois pour se rendre à Shanghai pour le sommet de l'APEC. Hélas, lors d'essais en vol, en septembre, les techniciens chinois ont été alertés par des sifflements aigus venant de la cabine, à certaines vitesses.

« En cherchant un peu, ils ont découvert 27 systèmes d'écoute installés dans le Boeing 767 ! Du matériel sophistiqué et miniaturisé…

Un ange passa.

– Et ce défecteur de 1985, insista Malko.

– Yu Zhensan ! C'était la grande époque. Il était le patron des Bureaux des Affaires Étrangères du Guoanbu, et, à ce titre, il avait le droit d'entrer en contact avec des étrangers. Il donnait rendez-vous à un gars de chez nous au bar du Beijing hôtel.

– Je connais, dit Malko, j'y ai séjourné.

Al Snyder éclata de rire.

– Alors, ils savent tout sur vous ! *Toutes* les chambres étaient « microtées » et le centre d'écoute se trouvait dans les sous-sols de l'hôtel, avec une flopée de standardistes parlant toutes les langues.

« Bien entendu, les agents du Neuvième Bureau – la Sécurité interne du Service – à l'époque, battent les tambours de guerre ! Hélas pour les Chinois, Ling Yun, le chef du Yu Zhensan, le couvre. Il a décidé d'avoir une politique « agressive », en tamponnant des homologues américains.

« Cela ne lui a pas réussi : quelques semaines plus tard, Yu Zhensan a pris l'avion pour Hongkong, avec l'autorisation de son chef…

« On ne l'a jamais revu…

« Alors, vous comprenez que votre Ling Sima, c'est du poison pour vous. Même si vous la connaissez *bien*. Elle ne vous donnera rien.

Malko eut un geste d'impuissance et recommanda une flûte de Taittinger.

Dans cette ambiance feutrée, très occidentale, la conquête de Taïwan semblait bien irréelle.

Al Snyder prit sa flûte de champagne et proposa :

– Il y a une salle derrière avec un peu moins de bruit, allons-y.

Effectivement, c'était plus calme. Une sorte de salon bleu, avec des tables basses où étaient encastrés des seaux à champagne transparents et lumineux, remplis de bouteilles. Et puis, il y avait un peu plus de lumière que dans la pièce du bar.

Ils s'assirent. À la table voisine se trouvait un couple de Chinois. Lui, plutôt étriqué, lunettes rondes, visage plat. Elle, très jolie femme en tailleur. Un sac Hermès était posé devant elle, à côté d'une bouteille de Taittinger Comtes de Champagne, Blanc de Blancs.

La Chinoise tourna la tête vers eux et Malko eut l'impression qu'elle lui souriait. Automatiquement, il lui rendit son sourire, mais Al Snyder se leva, passa devant Malko et vint serrer la main de l'inconnue.

Lui, la connaissait, il se retourna et lança à Malko :

– Je vous présente Mrs Zhang Li.

La Chinoise serra la main des deux hommes avec un sourire éblouissant. Al Snyder fit les présentations.

– Le prince Malko Linge, qui est diplomate. Il est à Pékin pour quelques jours.

– Vous êtes américain ?

– Non, autrichien.

Ils burent et devisèrent quelques instants de choses sans intérêt. En Chine, on ne parlait ni de sexe, ni de politique et rarement de potins. Il ne restait pas grand-chose.

Soudain, l'homme regarda sa montre et dit quelques mots en chinois à sa compagne. Celle-ci s'excusa d'un sourire.

– Nous devons y aller, nous avons un dîner.

La bouteille de Taittinger était encore presque intacte. *Ça*, c'était être riche. Soudain, comme ils se dirigeaient vers la porte, Zhang Li se retourna et revint vers eux.

– Je donne un cocktail la semaine prochaine à l'appartement, dit-elle. Je serai heureuse de vous avoir tous les deux. Je vous envoie une invitation à l'ambassade.

– Ce sera avec plaisir, répondit le chef de Station de la CIA.

– Qui est-ce ? demanda Malko, lorsqu'ils eurent disparu.

– Une femme intelligente qui a fait fortune dans les pièces de rechange de voiture. Elle habite dans le quartier de Yang Guang Busky, une résidence sécurisée très élégante. Un grand appartement moderne avec des écrans plats partout.

« Chez elle, il y a de l'alcool et pas seulement de la Tsing Tao.

« Elle conduit un coupé BMW et travaille beaucoup. Très moderne. Je l'invite parfois à une party à l'ambassade et elle en fait autant chez elle. Elle ignore, bien sûr, mon appartenance à la CIA. Elle pense que je suis un diplomate.

– C'est une jolie femme, remarqua Malko.

Al Snyder secoua son index.

– Ne rêvez pas. Zhang Li fume, boit, voyage, mais ne couche pas. Sauf si vous lui proposez le mariage.

Malko sourit.

– Il n'y a pas de forteresse imprenable.

Al Snyder regarda sa montre.

– Je dois y aller. Je vous dépose au Kempinski ?

Il régla avec sa carte de crédit et les deux hommes regagnèrent la voiture. Soudain, Malko demanda :

– Avez-vous eu des nouvelles de Lou Zhao ?

– Aucune, avoua l'Américain. Elle a changé de planète. J'ai rendez-vous demain matin avec son avocat, Me Meng Chao Li, à mon bureau pour faire le point. Voulez-vous venir ?

– Avec plaisir, dit Malko.

Lou Zhao était au cœur de son problème. Connaître son sort exact serait déjà un grand pas en avant.

Le hall du Kempinski était presque vide. Malko n'avait pas faim et se dirigea vers l'ascenseur. Une Chinoise assise dans un fauteuil, se leva aussitôt et entra à son tour dans la cabine.

Elle attendit que l'appareil s'arrête au second pour demander d'une voix douce :

– *Do you care for a massage ? It's only 3 000 yuans and I stay overnight*[1].

Elle semblait timide et était assez jolie. Poliment, Malko déclina.

– *Thank you. I am very tired to-night*[2].

Cela pouvait être *aussi* une créature du Guoanbu.

***

Meng Chao Li était un homme rondouillard avec de grosses lunettes rondes, un ventre tout aussi rond

1. Voulez-vous un massage ? Seulement 3000 yuans et je reste toute la nuit.

2. Merci, je suis fatigué ce soir.

et un perpétuel sourire aux lèvres. Un petit bouddha. Son anglais, chaotique à souhait, rendait la conversation difficile. Lorsque Malko arriva chez Al Snyder, il était déjà là.

– Notre ami, Me Meng Chao Li, n'a pas non plus de nouvelles de Lou Zhao, dit-il. Une rumeur dit qu'elle a quitté la prison de Qincheng.

– Pour aller où ?

– Il n'en sait rien.

– Il a essayé de lui téléphoner ?

– Oui, son portable est sur répondeur.

– Il a tenté d'aller chez elle ?

– Il n'a pas son adresse.

– Ce serait intéressant de savoir si elle est toujours au centre de détention du Ministère de la Sécurité d'État, remarqua Malko.

– Oui, mais comment ?

– Si on allait voir à cette prison ?

Me Meng Chao Li prit l'expression d'un lapin à qui on propose un duel avec un renard. Il bredouilla :

– C'est très dangereux, et puis, ils ne nous laisseront pas entrer. C'est loin aussi.

Malko échangea un regard avec Al Snyder et dit doucement :

– Me Meng Chao Li, je vous accompagnerai. J'ai une carte de diplomate. Vous ne risquez rien avec moi.

L'avocat chinois ne paraissait pas en être persuadé. Il faisait pitié. Avec un sourire, Malko ajouta :

– De toute façon, j'aimerais voir cette prison.

– Il a raison, renchérit Al Snyder. Cela ne vous coûte pas beaucoup et c'est dans le cadre de votre « *retainer* »[1].

Argument décisif.

Me Meng Chao Li poussa un profond soupir qui sembla le dégonfler et jeta un regard misérable à Malko.

– Bien, je vais vous y conduire.

1. Émoluments.

CHAPITRE III

Ils avaient franchi le cinquième périphérique et roulaient désormais dans un environnement assez glauque, traversant des banlieues qu'on aurait dit abandonnées. Des chemins défoncés, des maisons presque en ruine. La Chine paysanne à 25 kilomètres de Pékin. Me Meng Chao Li dut demander son chemin plusieurs fois. Plus ils se rapprochaient de la prison de Qincheng, plus il semblait nerveux. À la fin, il se tourna vers Malko.

– Vous êtes certain que cela vaut la peine ? Cela ne servira à rien et cela peut me nuire.

– Pourquoi ? demanda Malko. Vous êtes avocat et vous cherchez à joindre votre cliente. C'est normal…

L'avocat évita un énorme trou dans la chaussée et corrigea :

– Pas en Chine. Cette prison est une prison *spéciale*. Elle ne dépend *que* du Guoanbu. Ici, les gens peuvent disparaître plusieurs mois sans que la justice officielle soit prévenue.

– Et les parents ?

– On les arrête souvent aussi, par précaution.

– On y va quand même, trancha Malko.

Encore un kilomètre, deux demandes à des passants visiblement terrorisés au seul nom de la prison, et ils débouchèrent dans un endroit étrange.

La route se divisait en deux. Sur un petit rond-point central, un drapeau chinois en face d'un haut mât. Derrière, un portail majestueux, surmonté d'un toit en tuiles marron, dans le plus pur style chinois. À gauche et à droite, deux postes de garde vitrés devant lesquels se trouvaient des hommes en uniforme.

Au fond, on apercevait des collines boisées. Aucune inscription n'indiquait la prison. On aurait pu croire à l'entrée d'un Parc national. L'ensemble, plutôt pimpant, tranchait avec l'ambiance glauque du chemin qui y menait.

Me Meng Chao Li s'arrêta et se tourna vers Malko, juste avant le rond-point.

– Voilà, qu'est-ce qu'on fait ?

Bien entendu, l'entrée de la prison était barrée par un système de grillage coulissant.

– Nous allons voir, dit Malko. Après tout, un policier vous a dit que votre cliente a été transportée ici. C'est normal que vous cherchiez à la retrouver.

Après une longue hésitation, Me Meng Chao Li se remit en route, se dirigeant à petite allure vers le portail. Observé par les hommes qui se trouvaient à l'extérieur. Malko vit que les mains de l'avocat, crispées sur le volant, étaient agitées de légers tremblements : il était mort de peur.

Pour une démarche, en apparence, bien innocente.

Ils n'avaient pas parcouru vingt mètres que la voix caverneuse d'un haut-parleur éclata pour une brève phrase.

– Qu'est-ce qu'il dit ? s'enquit Malko.

– Identifiez-vous !

– C'est normal. Arrêtez la voiture, nous allons au poste de garde.

Donnant l'exemple, il sortit de la voiture, imité par l'avocat chinois traînant sa lourde serviette. Ils se dirigèrent vers le poste de droite. Avant même d'y parvenir, ils furent arrêtés par l'interjection d'un des gardiens.

– Qu'est-ce que vous voulez ? C'est une zone interdite. Partez.

Me Meng Chao Li avala sa salive et répondit humblement.

– Je suis avocat, Me Meng Chao Li, et je viens m'enquérir du sort d'une de mes clientes détenue ici.

Le visage du Chinois refléta une incompréhension totale. Visiblement, il n'était pas préparé à cela. Il hésita puis se précipita dans le poste de garde. Quelques secondes plus tard, il en sortit un homme en uniforme bleu, sans arme, plus âgé. Sûrement un gradé.

Nouvel aboiement.

Traduit respectueusement par Me Meng Chao Li.

– Il me dit que je n'ai pas le droit d'être ici et me demande qui vous êtes.

Malko sortit son passeport diplomatique et le tendit au Chinois, qui s'attarda longuement sur le visa. Puis, l'homme rendit le document et lança à Me Meng Chao Li :

– Je ne peux pas vous répondre. Je ne sais rien.

Après traduction, Malko glissa à l'avocat :

– Insistez. Dites-lui que vous voulez parler au directeur de la prison. Que c'est légal, c'est dans la Constitution.

Il bluffait complètement, mais l'avocat transmit sa demande d'une voix un peu plus ferme.

Nouvelle stupéfaction du garde-chiourme chinois. On sentait qu'il mourait d'envie d'arrêter Me Meng Chao Li, mais la présence d'un diplomate étranger le troublait. Toutes les forces de sécurité avaient pour ordre d'être très prudentes avec des gens qui pouvaient, ensuite, répandre une mauvaise image de la Chine. Sans un mot, il fit demi-tour et rentra dans le bureau vitré. Malko le vit saisir un téléphone, littéralement au garde-à-vous. La conversation fut brève et l'homme ressortit à grandes enjambées. S'arrêtant à un mètre de Me Meng Chao Li, comme s'il avait peur d'être contaminé.

– La détenue n° 273 ne se trouve plus ici ! hurla-t-il littéralement. Vous devez partir, sinon, je vous mets en état d'arrestation. Cette zone est interdite au public.

– Obéissons, conseilla Malko, après la traduction.

Ils regagnèrent la voiture et l'avocat s'épongea le front. De nouveau, ses mains tremblaient.

Il jeta un regard désespéré à Malko.

– Ils auraient pu nous enfermer et personne n'aurait jamais su ce que nous étions devenus.

– Ils ne l'ont pas fait ! trancha Malko. Peut-être à cause de moi. Ils n'avaient pas d'ordres pour ce genre de situation. Revenons en ville.

Jamais, Me Meng Chao Li n'avait effectué un demi-tour aussi rapide. Les hommes, devant la prison, suivirent des yeux la voiture le plus longtemps possible.

Malko était perplexe et demanda :

– Vous croyez qu'ils ont dit la vérité ?

À sa grande surprise, l'avocat hocha la tête affirmativement.

– Je crois que oui. Ils n'avaient pas été préparés à cette situation et voulaient se débarrasser de nous. Quand ils sont pris de court, ils disent la vérité, ignorant les conséquences d'un mensonge possible. Ce sont des robots.

Malko s'abstint de répondre : l'autre connaissait mieux la Chine que lui.

Si Me Meng Chao Li ne se trompait pas, ils avaient fait un pas de géant. Car, si Lou Zhao ne se trouvait plus à la prison de Qinchang, où était-elle ?

Et pourquoi l'avait-on libérée ?

– Où peut être Lou Zhao ? demanda-t-il.

L'avocat eut un geste évasif.

– N'importe où ! Peut-être dans un camp du *Lao-Gai*, peut-être a-t-elle été exécutée. En tout cas, elle n'est pas dans une prison *normale*. J'ai encore vérifié ce matin. Dans ce système apparemment légaliste, on ne ment pas.

– Donc, conclut Malko, il faut la retrouver.

Lou Zhao était la première marche pour parvenir à la « source ». La seule personne qui connaissait la vérité sur l'opération Dragon Rouge.

***

– Lou Zhao a écrit à Rolls-Royce qu'elle était obligée d'arrêter sa collaboration, sans donner d'explication et sans rien demander. C'est la première chose que j'ai vérifiée.

« Bien entendu, je vais régulièrement appeler son portable, il ne répond jamais.

Le chef de Station de la CIA referma son dossier. Après son déplacement à la prison de Qincheng, Malko était revenu le voir pour faire le point.

– Donc, on ignore où elle se trouve, conclut-il.

Al Snyder secoua la tête.

– Pour moi, elle est toujours à Qincheng. Ils vous ont baladés.

– Ce n'est pas l'avis de Me Meng Chao Li,

souligna Malko. J'aurais tendance à le croire ; évidemment, elle peut être dans un camp.

– C'est possible, reconnut Al Snyder. Je ne vois pas *pourquoi* les Chinois l'auraient fait sortir de prison après ce qu'elle a fait. Un crime extrêmement grave, aux yeux de la loi.

– Et s'ils l'avaient relâchée ? suggéra Malko.

L'Américain lui jeta un regard incrédule.

– Pourquoi ?

– Je n'en sais rien ! reconnut Malko. Avez-vous le moyen d'obtenir des informations sur son amant, le général Li Xiao Peng ?

– Difficilement ! J'ignore même où il demeure. Ces « princes rouges » sont entourés d'un épais brouillard.

– Vous ne pouvez pas mettre un « *case-officer* » sur le coup ?

Al Snyder sourit.

– Inutile. Il faudrait poser la question *officiellement*. Avec zéro chance d'obtenir une réponse.

– Et l'immeuble où habitait Lou Zhao ?

– Je n'en ai pas l'adresse.

Agacé, Malko avait l'impression de toucher du doigt quelque chose d'important. Hélas, en l'absence de réponse de Ling Sima, il n'avait pas beaucoup de chances de progresser. Il conseilla au chef de Station :

– Cherchez du côté du général Li Xiao Peng. Le Guoanbu sait désormais ce qu'il a dit à Lou Zhao. Il a forcément eu des ennuis.

– Je vais voir ce que je peux faire, assura le chef de Station de la CIA, mais n'y comptez pas trop.

Malko retraversa le jardin de l'ambassade et se retrouva dans la rue An Jia Lou. Un taxi passa trois minutes plus tard et Malko lui montra la boîte d'allumettes portant l'adresse du Kempinski en chinois.

Le taxi puait le tabac froid et son chauffeur chantonnait, conduisant comme un fou.

Malko se dit qu'il n'abandonnerait pas la piste Lou Zhao. En l'absence de Ling Sima, il devait progresser. Ou reprendre l'avion.

***

Lou Zhao avait perdu quatre kilos et l'appétit. Elle se redressa quittant l'écran de son ordinateur des yeux un court instant. Elle était en train de rédiger son « pensum », le compte-rendu de la journée de la veille et, *surtout*, de la soirée.

Son amant était venu lui rendre visite, toujours aussi amoureux et lui avait reproché sa maigreur. La jeune femme n'osait même plus mettre de jupe tant ses jambes avaient maigri ! Pour faire l'amour, elle exigeait, contre ses goûts habituels, d'être dans la pénombre.

Ce qui n'empêchait pas son amant de se déchaîner comme un jeune amoureux.

À son âge il devait forcément prendre du Viagra.

Lou Zhao qui éprouvait, avant son voyage au Japon, un certain plaisir à leurs étreintes n'en avait plus aucun, et était obligée de simuler. Les consignes du Guoanbu étaient claires : à aucun prix, elle ne devait éveiller les soupçons.

Justement, la veille au soir, elle avait obéi à la demande d'un de ses interrogateurs, formulée lors de leur dernier entretien : questionner le général Li Xiao Peng sur ce qu'il lui avait confié et qui avait tout déclenché. Aussi, après qu'ils eurent fait l'amour, en servant un verre de cognac au général encore étendu nu sur le lit, elle lui avait demandé d'un ton léger :

– Tu vas participer à Dragon rouge ? J'espère que tu ne prendras pas de risques. Cela me ferait beaucoup de peine qu'il t'arrive quelque chose.

Le général Li Xiao Peng avait d'abord paru surpris de la question, puis avait répondu d'un ton sec :

– Pourquoi me parles-tu de cela? Cela ne te regarde pas.

Lou Zhao n'avait pas osé insister. Ils s'étaient quittés presque froidement. Maintenant, il fallait qu'elle raconte la scène afin de la comparer avec ce que les micros avaient recueilli.

Ensuite, elle prendrait un taxi et retournerait chez elle ou irait peut-être au cinéma.

Bien que les DVD piratés soient bon marché, Lou Zhao, comme la plupart des Chinois, adorait le cinéma, pourtant hors de prix.

Son « pensum » terminé, elle ramassa ses affaires et signa un registre avant de partir, émergeant dans une petite rue calme. Elle changeait souvent de local. On lui laissait l'adresse grâce à un SMS.

Son taxi l'arrêta devant un cinéma qui jouait « Avatar ». Elle l'avait déjà vu et lança au chauffeur :

– J'ai changé d'avis. Conduisez-moi rue Gong Ti Bei Lu. La boutique de DVD.

Dix minutes plus tard, le chauffeur l'arrêtait devant une boutique annonçant en anglais sur un grand bandeau : GD DVD SHOP, au-dessus d'une enseigne en chinois. À côté du salon « Lily nails » où Lou Zhao se faisait parfois poser des ongles artificiels. Le jeune vendeur assis sur un tabouret à côté de la porte d'entrée lui adressa un sourire commercial. Lou Zhao s'approcha des rayons qu'elle connaissait par cœur. Uniquement des films chinois sans intérêt.

Aussitôt, une jeune vendeuse s'approcha et lui demanda à mi-voix :

– Tu veux des films américains ? Étrangers ? Européens ?

– Oui, dit Lou Zhao.

L'autre souffla un seul mot, en anglais.

– *Back room* [1].

Aussitôt, elle ouvrit une porte au fond du magasin donnant sur un couloir glauque et mal éclairé.

1. La pièce de derrière.

Le couloir se prolongeait avec plusieurs coudes et débouchait dans une petite pièce aux murs couverts de DVD. Ceux-là étaient tous étrangers et valaient 120 yuans pièce, le prix d'une place de cinéma.

Un jeune homme en blouson de cuir à col à fourrure se leva et demanda à Lou Zhao ce qu'elle voulait.

– Des bons films ! dit-elle.

Vingt minutes plus tard, elle emportait « No Country for Old men » et « Green zone ».

Au moment où elle allait repartir vers le magasin principal, le vendeur l'arrêta.

– Par ici, conseilla-t-il, en désignant une porte marquée « sortie interdite ». Vous arrivez dans le magasin Yashow.

Le plus grand magasin de contrefaçon de Pékin.

– Pourquoi ? demanda Lou Zhao.

Le vendeur sourit.

– On n'a pas le droit de vendre ces DVD. Quelquefois, les policiers du quartier, quand ils n'ont pas eu leur bakchich, attendent les clients devant le « vrai » magasin. Ils confisquent les DVD non chinois et nous infligent une amende. En plus, *après*, ils nous revendent les DVD confisqués.

Lou Zhao sourit : la corruption de la police de quartier était notoire. Les commissariats avaient beau être nickel avec leurs façades blanches et bleues, les policiers qui les occupaient pratiquaient un racket systématique, couvert par les autorités.

Lou Zhao traversa le grand magasin et ressortit sur le boulevard Ti You Chang. Avec deux films, elle avait de quoi passer la soirée. Hélas, à Pékin, on ne louait pas ces films, on était obligés de les acheter.

En montant dans un nouveau taxi, elle se demanda combien de temps cette situation allait durer. Normalement, on lui avait promis une rencontre avec ses parents durant le week-end.

***

Zhou Yong Kang avait étudié soigneusement le dernier débriefing de Lou Zhao, soulignant le passage où elle avait posé à son amant la question concernant « Dragon Rouge ». Visiblement le général Li Xiao Peng avait été gêné. Un quart d'heure plus tard, Zhou Yong Kang avait rendez-vous avec deux hommes également importants : Guo Dakai, le responsable du Bureau des Secrets d'État et Hai Ping, le représentant du Parti au sein du Guoanbu.

Il savait que ces hommes en référeraient ensuite au président Hu Jin Tao.

Il sonna pour commander du thé et tout était prêt quand les deux hommes arrivèrent à deux minutes d'intervalle.

Après les politesses d'usage, Zhou Yong Kang leur tendit le compte-rendu.

– Voici la transcription de la dernière rencontre du capitaine Lou Zhao avec le général Li Xiao Peng, annonça-t-il. Nous avions demandé au capitaine Lou Zhao de poser cette question.

Les deux hommes étudièrent le document, puis Guo Dakai releva la tête.

– Cette phrase peut dire n'importe quoi, remarqua-t-il. Visiblement le général Li Xiao Peng est furieux que sa maîtresse lui pose cette question. Mais cela peut vouloir dire qu'il regrette un propos inconsidéré, un fantasme, ou, au contraire qu'il veut garder un secret.

– Je suis d'accord, confirma Hai Ping.

– Dans ce cas, conclut Zhou Yong Kang, il faudrait lui poser la question directement. Dans des circonstances où il serait obligé de répondre.

C'est-à-dire au cours d'un interrogatoire « renforcé ». Hélas pour cela, il fallait *d'abord* l'arrêter.

Nouveau silence de plomb.

Guo Dakai, mal à l'aise, annonça :

– Je vais en référer à ma hiérarchie. Nous ne pouvons rien faire sans plusieurs feux verts.

Évidemment, seul le Parti pouvait décider de l'arrestation d'un Prince Rouge. Sans motif légitime. Bien sûr, les médias n'y feraient aucune allusion, mais, au sein du Premier Cercle, l'affaire ferait l'effet d'un coup de tonnerre. Une arrestation semblable pouvait être le début d'une Grande Purge, comme au bon vieux temps.

Zhou Yong Kang referma sèchement son dossier et lâcha :

– Nous devons progresser. Vous savez que les Américains nous ont envoyé un *missi dominici*. Eux aussi veulent savoir et nous devons leur apporter une version crédible, vérifiée par nos soins. Qui nous serve de base à des éléments de langage. J'attends une réponse rapide.

***

Malko n'en pouvait plus d'inaction. Il ne quittait le Kempinski que pour aller se promener dans Wangluging, la rue piétonnière où s'alignaient toutes les boutiques « in » de Pékin, au nord de Dong chang'an.

Contrefaçons ou produits importés. Parfois, on avait du mal à déceler le vrai du faux. De toute façon, il n'était pas à Pékin pour faire du shopping. Il appelait un taxi pour retourner à l'hôtel quand son portable sonna.

Al Snyder.

– On se retrouve au Xiu bar, suggéra l'Américain. Sept heures.

Malko se dit qu'au moins il boirait du bon champagne.

Le sort de Lou Zhao continuait à l'obséder. La Station de la CIA de Pékin ne s'étant jamais intéressée à elle, il était compréhensible qu'ils ne possèdent aucune information.

Il pensa soudain à la seule personne qui pouvait

connaître son adresse : Théo Stevens, l'agent NOC [1] de la CIA à Tokyo qui l'avait recrutée. Pas question de lui téléphoner, mais il allait envoyer un message crypté à la Station de Tokyo, afin que Philip Burton lui pose la question.

Lorsqu'il arriva au Kempinski, il passa par la réception, afin de vérifier qu'il n'avait aucun message.

Ling Sima continuait à faire la morte.

Mauvais signe.

***

Al Snyder était déjà juché sur un tabouret du bar Xiu en face d'une gigantesque flûte pleine de champagne pétillant. Des gens dansaient, beaucoup bavardaient un verre à la main. La musique était toujours aussi assourdissante. Lorsque Malko rejoignit l'Américain, il vit tout de suite qu'il avait l'air soucieux.

– Que se passe-t-il ? demanda-t-il. Vous avez des problèmes ?

Al Snyder secoua la tête négativement.

– Non, pas moi.

– Qu'est-ce que vous voulez dire ?

– Ted Boteler s'est fait taper sur les doigts par le DG. On lui reproche d'avoir mis sur pied un plan farfelu. Cela fait dix jours que vous êtes à Pékin et

1. Nom officiel Coréen.

vous n'avez plus eu *aucune* nouvelle de Ling Sima. Tout le monde est persuadé qu'elle n'en donnera pas. C'était un coup d'épée dans l'eau qui nous a mis en état de faiblesse vis-à-vis des Chinois. Désormais, ils savent que nous nous faisons du souci. Ils peuvent être tentés d'exploiter cela. Alors, Langley a décidé de tout arrêter.

– C'est-à-dire ?

– *Abort*[1].

Autrement dit, on démontait... Comme pour rejoindre les pensées de Malko, Al Snyder continua.

– J'ai pour instruction de vous demander de quitter Pékin le plus vite possible. D'ailleurs, j'ai réservé un vol pour vous sur Air China. Demain matin, onze heures 20, le vol 981. Il y a treize heures de vol.

Malko était catastrophé.

– Alors, on laisse tout tomber ?

Al Snyder eut un sourire ironique.

– Quoi « tout » ? Il n'y a *rien*. Ling Sima a disparu, Lou Zhao aussi. Il vous reste la Grande Muraille. Allez on va se saouler au champagne. *Compliment of the house*[2]. J'aurai été content de vous avoir croisé.

Le barman avait déjà déposé devant Malko l'immense flûte qui devait contenir un quart de bouteille de Taittinger Brut. Cette fois, les petites

1. On démonte.
2. Offert par la maison.

bulles irisées ne lui rendirent pas sa bonne humeur. Même si l'opération Ling Sima n'était pas son idée, il avait fini par y croire. En plus, il détestait viscéralement l'échec.

Les deux hommes burent en silence dans le brouhaha grandissant du bar. Malko se dit qu'il ne reverrait pas la Chinoise sexy qui les avait invités à son cocktail.

– Je vous conduirai moi-même à l'aéroport, proposa Al Snyder. Demain, j'ai une matinée « légère ».

***

Un agent du Guoanbu déposa sur le bureau de Zhou Yong Kang une liste de passagers. Celle du vol pour New York de Air China. Un nom était souligné en rouge : Malko Linge. Le numéro 3 du Régime étouffa une exclamation furieuse. À force de vouloir trop tirer sur la ficelle, ils allaient rater leur opération.

Furieux, il appela sur une ligne protégée Hai Ping, le vice-ministre représentant le Parti au sein du Guoanbu. C'est lui qui avait freiné la réapparition de Ling Sima, pour d'obscures raisons.

– L'oiseau va s'envoler ! annonça Zhou Yong Kang.

Il relata rapidement ce qu'il venait d'apprendre. Bien entendu un des services du Guoanbu se faisait communiquer toutes les listes de passagers quittant la Chine, vingt-quatre heures à l'avance. Comme, en Chine, on ne pouvait pas acheter son billet au dernier moment, le Guoanbu ne risquait pas de rater ses proies éventuelles.

– Je vais rendre compte, annonça le vice-ministre.

Au rang où il se trouvait, il ne pouvait rendre compte qu'à une seule personne : le président Hu Jin Tao lui-même.

– Faites vite, insista Zhou Yong Kang. Quand il sera parti, ce sera trop tard.

Il reçut un nouvel appel de Hai Ping une heure plus tard dans sa voiture.

– J'ai transmis, annonça le vice-ministre ; nous avons le feu vert pour modifier notre position.

– Bien, approuva Zhou Yong Kang.

– Il y a cependant un problème, ajouta Hai Ping. Le colonel Ling Sima ne se trouve pas à Pékin. Nous essayons de la joindre, mais c'est difficile. Nous ne sommes même pas certains d'y arriver.

– Pourquoi ?

– Elle est dans une région désertique où lcs communications sont très mauvaises. Nous allons faire l'impossible.

Après avoir raccroché, Zhou Yong Kang se dit amèrement que le système était vraiment trop rigide et prudent. Il savait pourquoi on avait intimé l'ordre à Ling Sima de faire la morte. Au sommet de l'État, on n'arrivait pas à se mettre d'accord sur la version à présenter aux Américains.

***

Malko regarda presque avec nostalgie le hall du Kempinski. Comme chaque matin, un équipage de la Lufthansa faisait la queue à la réception.

Al Snyder lui prit sa Samsonite des mains. Une voiture de l'ambassade attendait devant l'hôtel. Il faisait beau, presque chaud, enfin une température clémente.

Les deux hommes prirent place à l'arrière et la limousine démarra avec douceur.

– Vous avez de la chance de quitter Pékin ! soupira le chef de Station de la CIA. Parfois, j'en ai marre de la Chine.

Ils venaient de franchir le troisième périphérique lorsque le portable de Malko sonna. Il le prit et regarda l'écran. Numéro masqué. Il faillit ne pas répondre, puis se décida.

Aussitôt une voix chaleureuse lui frappa les oreilles.

– Malko ! Tu ne m'en veux pas de ne pas t'avoir donné de nouvelles. Je n'étais pas à Pékin. Quand peut-on se voir ?

CHAPITRE IV

Malko était si surpris qu'il mit quelques secondes à répondre.

– Oui, c'est une bonne surprise. Quand pouvons-nous nous voir ?

– Demain, au restaurant Da Dong. Attention, il y en a trois. Celui où je te donne rendez-vous est juste derrière l'immeuble Poly. Tous les chauffeurs de taxi connaissent. Alors, à demain, une heure.

La communication fut coupée. Malko se tourna vers Al Snyder.

– Demi-tour, je ne pars plus.

– C'était Ling Sima ?

– Oui. Je la vois demain.

L'Américain sourit.

– Les affaircs reprennent. Mais cet appel in extremis est surprenant. À une heure près, vous étiez parti.

– C'est vrai, reconnut Malko.

– Je me demande si elle n'a pas appris que vous partiez, remarqua l'Américain. Le Guoanbu vous surveille.

– C'est possible, reconnut Malko. Qui lui aurait donné l'ordre de me rappeler ? Sa hiérarchie ?

Al Snyder leva la main droite au-dessus de sa tête.

– Plus haut, sûrement. N'oubliez pas qu'elle a un grade important.

– Quelle est votre conclusion ?

– Les Chinois ont envie d'entamer le dialogue, conclut le chef de Station de la CIA. Peut-être pour éprouver nos nerfs, ils ont attendu la dernière seconde pour le renouer. C'est tout à fait dans leurs méthodes.

Malko sourit.

– Tant mieux, cela signifie que la vraie partie va commencer.

L'Américain sourit.

– Une partie truquée. Ils ont un message à nous faire passer, mais rien ne dit que ce sera le reflet de la vérité.

– La vérité, dit Malko, il n'y a qu'un moyen de la savoir à coup sûr : rencontrer la « source ». L'homme qui a parlé à Lou Zhao. Et le faire parler…

Al Snyder soupira.

– Vaste programme ! Ling Sima joue sûrement un double jeu.

– J'essaierai qu'elle en joue un triple ! avança Malko.

L'Américain se pencha vers le chauffeur.

– Tex, on retourne au Kempinski.

Ils venaient de dépasser le quatrième périphérique. Le chauffeur dut attendre une prochaine sortie pour passer sous l'express-way et revenir sur ses pas.

Malko avait hâte d'être au lendemain.

***

C'était une toute petite réunion, où n'assistaient que trois personnes dont Zhou Yong Kang. Sous la présidence de Hu Jin Tao, le président de la Chine, et un membre du Bureau Permanent du Comité Central du Parti Communiste, instance extrêmement puissante d'où sortaient les grandes décisions stratégiques.

Un petit homme terne, Cai Daren, qui faisait l'interface entre la Corée du Nord et la Chine. Il allait fréquemment en Corée du Nord y rencontrer son nouveau leader et, surtout, Jang Song Tafic, le patron des Services nord-coréens et *aussi* tuteur du nouveau leader.

Un « faucon » confirmé, membre du clan des Shanghaiens, formé par l'ancien président Jiang Ze Min.

Le problème coréen divisait les dirigeants chinois. Certains pensaient que, quels que soient les efforts chinois pour sauver le régime de Pyongyang, celui-ci finirait par s'effondrer et qu'il fallait donc diminuer les liens avec lui.

La Corée du Nord était une « danseuse » qui coûtait cher aux Chinois. Entre l'armement, le blé et toutes les subventions, c'était une plaie qui ne se fermait jamais.

L'autre clan, auquel appartenait Cai Daren, estimait au contraire que la Corée du Nord était un allié précieux, qui permettait de faire pression sur l'ami-ennemi américain. À chaque crise, le State Department tout entier se précipitait à Pékin afin de demander l'aide des dirigeants chinois pour diminuer l'impact du dernier caprice du dictateur de Pyongyang.

Même si cela coûtait très cher.

D'autant que Pyongyang ne pouvait pas refuser grand-chose à Pékin. En effet, à partir de la ville frontière de Dan Dong, c'était un flot continu de marchandises qui partaient sur la Corée du Nord. Trois trains de marchandises interminables franchissaient chaque semaine le pont enjambant le Yalu et une quarantaine de camions passaient chaque jour la frontière, chargés de toutes sortes de biens.

Sans parler des trafiquants chinois qui allaient vendre à prix d'or de l'électronique de l'autre côté de la frontière. Parfois, ils les échangeaient contre des femmes. Car, en Chine, il n'y en avait pas assez.

Hu Jin Tao, le président, se tourna vers Cai Daren.

– Quelle est la position du Parti en ce qui concerne la Corée du Nord ? demanda-t-il d'une voix égale.

Il avait dit le « Parti » pour se couvrir. Ici, on jouait collectif, du moins en apparence.

– Vous savez que nos amis nord-coréens ont repris le développement de leur armement nucléaire, attaqua Cai Daren. Et *aussi*, que c'est le cauchemar des Américains.

Le problème des Américains, c'était la prolifération. Ils avaient envahi l'Irak pour empêcher Saddam Hussein de construire des armes de destruction massive, bombardé le colonel Kadhafi pour lui faire stopper son programme et faisaient tout pour retarder celui de l'Iran. Les gens n'étaient pas fous : tout le monde savait que le seul moyen de sanctuariser un pays vis-à-vis des États-Unis était de devenir une puissance nucléaire.

Or, la Corée du Nord en était une.

Le Guoanbu, qui suivait la situation de très près, avait appris que les Américains avaient secrètement menacé la Corée du Nord d'un blocus total, et de l'arrêt de l'aide de la Corée du Sud, si les Nord-Coréens ne démantelaient pas leur arsenal nucléaire.

Cette option n'était pas encore publique, mais le monde diplomatique bruissait d'hypothèses.

Les Américains avaient le pouvoir technique de bloquer les ports nord-coréens. Dans ce cas, étranglée, la Corée du Nord n'aurait d'autre alternative que de se tourner vers son « ami » chinois. Ce qui risquait très vite de devenir une charge insupportable. Parce qu'à ce jour, il n'y avait pas de majorité au Comité Central du Parti pour abandonner la Corée du Nord à son triste sort.

D'autre part, les Chinois n'avaient aucun levier pour ramener les Américains à la raison. Lorsqu'il s'agissait de prolifération, la Maison Blanche n'écoutait personne.

Cai Daren termina son exposé en concluant.

– Cette affaire nous apporte peut-être la possibilité d'une action pour calmer Washington en leur proposant une transaction.

S'ensuivit un lourd et long silence. Tout ce que disait Cai Daren était frappé au coin du bon sens.

Zhou Yong Kang se demanda soudain si Cai Daren ne faisait pas partie du complot éventuel « Dragon Rouge ». Comme Jiang Ze Min, l'ancien président de la Chine. Un « faucon » lui aussi.

Bien entendu, si ce complot existait, il ne se découvrirait pas, mais cela expliquerait l'audace des comploteurs. Avec des amis aussi puissants au Parti, ils ne craignaient pas trop les représailles éventuelles.

Dans ce cas, les propos du général Li Xiao Peng tenus à sa maîtresse Lou Zhao étaient une imprudence, pas un fantasme. Et Cai Daren devait rire intérieurement des états d'âme du Guoanbu.

Ce qui expliquait son attitude : en poussant la Chine à proposer un deal à Washington, il *savait* que la Chine ne risquait pas de perdre la face puisque Dragon Rouge était une réalité.

Si la Chine s'engageait auprès des États-Unis à échanger une action contre Taiwan contre un assouplissement de son attitude envers la Corée du Nord, elle était sûre de pouvoir tenir ses engagements.

Le président Hu Jin Tao tira la conclusion des propos de Cai Daren.

– Cet exposé est excellent, approuva-t-il, mais nous devons progresser avec prudence. La personne qui va au contact ne recevra pas encore d'instructions.

« Cela nous donne un peu de temps.

Celui d'arrêter le général Li Xiao Peng et de lui arracher tous les ongles.

Seulement, celle solution-là, aussi, comportait des risques. Car le général Li Xiao Peng avait des amis puissants. Hu Jin Tao lui-même ignorait qui étaient les membres du Parti capables de soutenir l'option Taiwan.

On risquait de déboucher sur une crise de régime.

À ce stade, la décision finale n'était pas encore prise.

Hu Jin Tao tira la conclusion logique de cet état de fait.

– Attendons de connaître mieux la position américaine. C'est une question de quelques jours.

***

Ling Sima avait mis un tailleur avec une jupe s'arrêtant à mi-mollet pour son entretien avec Zhou

Yong Kang. Pas maquillée, le regard baissé, l'air modeste. C'était un honneur pour elle, simple colonel du Guoanbu, de rencontrer le n° 3 du Régime.

Celui-ci la toisa avec sympathie.

– Je pense que vous êtes prête à servir votre pays, dit-il. Vous l'avez déjà fait et nous sommes extrêmement satisfaits de votre action à Bangkok.

La pénétration des Triades et leur éventuelle soumission au Parti était un sujet brûlant et secret. Officiellement, le Parti traquait les « criminels », ne s'alliait pas avec eux. Si Ling Sima avait rempli ce genre de mission, on pouvait lui faire confiance.

– Je suis à la disposition du Parti, répliqua Ling Sima d'une voix égale.

Zhou Yong Kang ouvrit son dossier, le parcourut et releva la tête.

– Je vois que vous avez eu une relation intime, quoiqu'intermittente avec cet agent de la CIA, Malko Linge. Vous avez coopéré avec lui, à plusieurs reprises.

– Le Parti a toujours été tenu au courant de mes projets, répondit Ling Sima d'une voix neutre.

– C'est exact. Lorsque vous avez revu brièvement cet homme sur l'ordre de votre hiérarchie, avez-vous eu des rapports intimes avec lui ?

Ling Sima faillit mentir puis se souvint de la toute-puissance du Guoanbu. Un mensonge de ce genre pouvait lui coûter sa carrière car cela signifierait qu'elle n'était pas fiable.

– Oui, dit-elle simplement.

– Cet homme a-t-il pensé qu'il s'agissait d'une mise en condition de votre part ?

– Je ne crois pas.

Long silence puis Zhou Yong Kang laissa tomber :

– En dehors de vos autres instructions, je pense que cela serait intelligent de reprendre une relation avec cet homme.

L'expérience lui avait appris que les hommes les plus coriaces, les plus dignes de confiance, étaient capables de devenir fous pour une femme. Or, il fallait que cet agent de la CIA soit mis en condition pour gober ce qu'on allait lui faire avaler.

– Je ferai ce qu'il faudra, approuva Ling Sima.

Les yeux baissés quand même, se demandant si l'homme qu'elle avait en face d'elle connaissait son attirance réelle pour Malko. Sans s'en rendre compte, Zhou Yong Kang armait un piège à double détente.

– Vous le voyez aujourd'hui, n'est-ce pas ?

– Tout à l'heure.

– Très bien. À partir d'aujourd'hui vous rédigerez un rapport sur chacune de vos rencontres. Un rapport complet où vous n'omettrez *rien*.

Il avait appuyé sur le dernier mot avant de se lever, imité par Ling Sima. Il lui tendit la main et sourit.

– Vous savez que cette affaire vous aidera considérablement dans votre carrière.

– Je le sais.

Elle savait *aussi* qu'une fausse manœuvre de sa part risquait de la mener droit au *Lao-Gai*.

Lorsqu'elle ressortit de l'immeuble de la rue Dongchang'an, elle sauta dans un taxi.

– Rue Yinshu, numéro 29, lança-t-elle au chauffeur.

Avant d'aller retrouver Malko Linge, elle devait enfiler sa tenue de combat. Elle connaissait les fantasmes des hommes et devait mettre toutes les chances de son côté.

CHAPITRE V

Une rampe de projecteurs éclairait l'enseigne en anglais : *Da Dong Roast Duck* restaurant, au-dessus de la chinoise. Ensuite, lorsqu'on y pénétrait, on avait l'impression d'entrer dans une gigantesque cuisine : au-dessus de la réception où officiaient plusieurs Chinoises en costume traditionnel, des dizaines de canards tournaient inlassablement sur de longues broches, en demi-cercle, protégés par une glace épaisse, et surveillés par des cuisiniers en haute toque blanche.

Malko donna son nom et une des hôtesses le conduisit à sa table. La salle, au rez-de-chaussée de l'immeuble, était bondée. Des tables noires en bois, des chaises étroites recouvertes de tissu écru. Un décor très sobre.

Ling Sima n'était pas encore là.

Inquiet, Malko se mit à jouer machinalement avec son porte-couteau-canard en porcelaine blanche de Chine. La Chinoise était en retard.

Il avait déjà commandé un Château La Lagune

1992 sur une carte gigantesque qui offrait aussi des vins chiliens et italiens. Malgré lui, il regardait souvent vers la porte.

Ling Sima la poussa vers une heure vingt et il éprouva un choc agréable. La jeune femme portait un ensemble de cuir noir – elle raffolait du cuir – veste et jupe avec des bas noirs, les cheveux tirés en chignon. Ses yeux noirs étaient avivés de vert.

Il vit les regards des hommes la suivre des yeux tandis qu'elle se faufilait à travers les tables et ne regretta pas d'être resté à Pékin. Lorsqu'elle se glissa sur la banquette à côté de lui, elle croisa les jambes, montrant peut-être involontairement un bout de cuisse. Même à Bangkok, il ne l'avait jamais vue aussi sexy.

Elle tourna la tête et plongea dans les yeux dorés de Malko.

– Tu es content de me revoir ?

– Je suis toujours content de te voir, dit-il en souriant. Surtout aussi belle.

Il fallait absolument qu'il oublie avoir en face de lui, très probablement, un adversaire retors, représentant d'une organisation qui le haïssait. Al Snyder l'avait encore mis en garde, une heure plus tôt. Ling Sima ne *pouvait* être qu'une marionnette du Guoanbu.

Ou alors la Chine avait changé.

Cependant cette marionnette pouvait le guider jusqu'au cœur du système. Le rapprocher de la vérité sur « Dragon Rouge ». Son but à Pékin.

Avant de venir déjeuner, Malko était passé à l'ambassade américaine pour que le chef de Station envoie un message à Tokyo demandant à Théo Stevens des informations éventuelles sur l'adresse de Lou Zhao à Pékin.

Un garçon en blanc apporta la carte : un livre d'art. Chaque plat était représenté en photo couleur et il y en avait des dizaines.

– Je te conseille le canard laqué, dit Ling Sima, c'est le meilleur de Pékin. Moi aussi, je suis heureuse d'en goûter. Je ne viens pas souvent ici, sauf quand je suis invitée.

Malko se permit un sourire.

– Toi, avec ton rang…

– Je ne suis qu'une fonctionnaire, répliqua Ling Sima, offusquée, et nous devons lutter contre la corruption.

Ils commandèrent. Le canard laqué allait bien avec le bordeaux. Ils eurent pour commencer une délicieuse anguille fumée. Malko observait la jeune femme. Pour un observateur non averti, on aurait pu croire à un couple amoureux. Comme ils trinquaient, Ling Sima dit doucement.

– Je te demande pardon pour mon accueil l'autre jour. J'avais peur…

– Peur de quoi ?

– De mes supérieurs. Nous sommes en Chine. À Bangkok, je faisais un peu ce que je voulais. Ici, c'est beaucoup plus strict. Tu es un agent connu de la CIA, j'ai appris que tu avais eu quelques problèmes avec mon Service à Tokyo. Et ils savent *aussi* que tu as été mon amant.

« Heureusement, je les avais prévenus que je te voyais et j'ai rendu compte.

– De tout ?

– Non.

Leurs regards se croisèrent et instinctivement, Malko posa la main sur la cuisse gainée de noir.

– Tu sais ce dont j'ai envie ?

– Oui, fit-elle en souriant, mais cela va être difficile. Je n'ai pas le droit de t'emmener chez moi et cela m'ennuie d'aller au Kempinski. Je dois préserver l'image du Service. Mais, on trouvera…

Donc, elle était prête à refaire l'amour avec lui. Malko essayait de jauger la jeune femme. Son attitude contrastait tellement avec leur première rencontre. Cependant, Ling Sima était coutumière de ces sautes d'humeur ; ses ovaires reprenaient facilement le dessus. La seule chose dont il était sûr, c'est qu'elle aimait faire l'amour avec lui. Une attirance viscérale, qui ne voulait rien dire.

Après les amuse-gueules, deux serveuses en blanc amenèrent le canard laqué, accompagné et manipulé par un « chef » en toque blanche qui commença à découper le canard. Déposant devant eux des crêpes fines, tandis que la serveuse posait sur la crêpe un morceau de peau du canard, agrémenté d'une sauce brunâtre et d'échalote. Lorsque

Malko mordit dans sa part, il se dit que c'était le meilleur canard laqué qu'il eût jamais dégusté. La peau, rôtie à point, était d'une finesse arachnéenne, sans le moindre lambeau de chair. Pendant un moment, ils communièrent autour de ce canard, jusqu'à ce qu'il n'y ait plus rien.

C'était idiot, mais Malko se sentait mieux. De nouveau, il posa la main sur la cuisse de Ling Sima qui ramena vivement sa serviette dessus et demanda d'une voix égale.

– Tu devais me révéler un secret ?

L'opération Dragon Rouge était un secret d'État, connu seulement d'une poignée de personnes au sommet de la hiérarchie du Parti et du Guoanbu. Or, Ling Sima n'avait pas un rang assez élevé normalement pour partager un tel secret.

Ce qui voulait dire que les Chinois voulaient établir un lien entre Malko et eux.

Premier succès.

Les mêmes serveuses déposèrent devant eux la viande du canard, préparée comme un pot au feu, avec de fines nouilles. Le « chef », après une profonde courbette, s'éclipsa.

– Je suppose que si tu es là, ta hiérarchie t'a autorisée à savoir pourquoi je suis à Pékin.

– Évidemment.

– Le capitaine Lou Zhao travaillait pour la CIA. Un soir, son amant, le général Li Xiao Peng, lui a communiqué un secret : l'existence d'une opération

« Dragon Rouge », l'invasion de Taïwan, programmée en automne. La Maison Blanche prend cette menace très au sérieux. Le président Obama a à prendre une décision difficile. Alors, avant de déclencher « *the wrath of God* » [1], il veut en avoir le cœur net. Voilà pourquoi je suis à Pékin.

– Tu m'autorise à répéter ce que tu viens de me dire à ma hiérarchie ?

Malko sourit.

– Certains sont déjà au courant au sommet. Et je pense que c'est auprès d'eux que tu prends tes ordres. Ils tiennent Lou Zhao et elle leur a tout raconté. Cependant si tu mettais au courant des gens qui ne doivent pas l'être, cela pourrait retomber sur toi.

– Je vais faire attention, promit Ling Sima.

– Combien d'agents du Guoanbu se trouvent dans la salle ? demanda Malko, mi-figue, mi-raisin.

Ling Sima lui jeta un regard de reproche.

– Pourquoi dis-tu cela ? Tu m'as dit toi-même que tu es entré en Chine avec la bénédiction de mon Service.

– Cela n'empêche pas la prudence. Je connais *aussi* un peu la Chine. Nous ne sommes que deux pions utilisés par deux États qui cherchent une conduite à tenir. Ne nous faisons pas d'illusion. Si ton gouvernement m'a accordé ce visa, c'est parce que ça les arrange. Ils n'ont pas envie de discuter de ce sujet par les moyens diplomatiques classiques.

1. La colère de Dieu.

Malko les resservit de bordeaux. Ils négligèrent les desserts, toujours quelconques dans la cuisine chinoise, pour du thé au jasmin. Ling Sima regarda sa montre, une superbe Bulgari, et soupira.

– Il va falloir que je te laisse !

Malko éprouva un petit choc désagréable à l'épigastre. Il s'était déjà imaginé en train de lui faire l'amour. Encouragé par sa tenue. La jeune femme dut lire dans ses pensées, car *elle* posa la main sur la cuisse de Malko.

– Pas aujourd'hui, dit-elle. D'ailleurs, je me demande où nous irions.

– Sur la Montagne du Charbon, fit Malko, pince-sans-rire.

Une colline artificielle dans le Jin Shang Park dominant le nord de la place Tien An Men, avec un superbe parc et des kiosques à musique, toujours vides.

– Il fait un peu froid, corrigea doucement Ling Sima, et puis je ne voudrais pas faire cela ainsi.

« Ce n'est que partie remise.

– Quand est-ce que je vais te revoir? demanda Malko.

– Je t'appelle. Ne m'appelle pas, c'est inutile et mes appels sont toujours déviés. Moi, je vais t'appeler.

Elle lui serra un peu la cuisse et se leva, se tournant à demi pour sortir de la banquette, exposant à quelques centimètres de Malko une croupe cambrée gainée de cuir noir. Une croupe qu'il avait violée à de multiples reprises à Bangkok.

Ling Sima partie, il demanda l'addition et se dit avec philosophie que la Chinoise n'avait pas encore reçu l'autorisation de son Service d'avoir des rapports sexuels avec lui.

Il n'y avait plus qu'à espérer qu'il la donne. Elle ne s'était pas habillée de cette façon par hasard. Était-ce sur commande ou simplement un caprice de femme amoureuse ?

En attendant, il n'avait plus qu'à rendre compte à Al Snyder de cette rencontre, afin que l'Américain avertisse Langley.

Le match avait commencé.

Truqué des deux côtés.

***

Al Snyder tapa le code de son bureau en soupirant. Pour gagner du temps, il était venu chercher Malko à la cage de verre blindée de l'entrée.

– Pour arriver au bureau de l'ambassadeur, dit-il, il y a dix-huit portes codées ! Un vrai parcours du combattant.

À peine furent-ils dans le bureau qu'il se versa un café et jeta un regard presque envieux à Malko.

– Vous avez déjeuné au Da Dong, moi, j'ai bouffé à la cantine. Un hamburger réchauffé au micro-onde et des frites molles. Bon, j'ai des nouvelles, vous parlerez ensuite.

– Des bonnes ou des mauvaises ?

– Les deux. Par quoi on commence ?

– Les mauvaises.

– Me Meng Chao Li a disparu. Deux hommes sont venus le chercher à son bureau hier et l'ont emmené. Il ne paraissait pas inquiet pourtant. Il n'est pas rentré chez lui hier soir et sa femme a téléphoné. Bien entendu, j'ai appelé aussitôt mon contact au Guoanbu qui a prétendu ne rien savoir.

– C'est la suite du voyage à Qincheng, fit Malko. C'est de ma faute.

– Ça arrive souvent ici, remarqua l'Américain. J'espère qu'ils vont le relâcher vite.

– Et la bonne nouvelle ?

– J'ai « peigné » mes « sources » et j'ai trouvé *peut-être* un trésor.

– Quoi ?

– Le nom d'un général en retraite de l'armée. Xu Gangyu. Un héros de la guerre de Corée.

– C'était il y a cinquante-trois ans, remarqua Malko.

– Certes, mais il a fait la même école de l'air que notre ami, le Prince Rouge, Li Xiao Peng. Ils se connaissent peut-être.

– Quelle est votre idée ?

– Régulièrement, j'ai un déjeuner avec le général Xu Gangyu. Parce qu'il n'est pas *complètement* à la retraite. Il participe aux Études Stratégiques de l'État-major, donc il sait pas mal de choses.

– Vous croyez qu'il va vous confier ses secrets ?

– Bien sûr que non ! Mais, je peux essayer de le faire parler, de savoir s'il est en contact avec Li Xiao Peng. Comme *personne* ne sait que celui-ci est soupçonné de haute trahison, il ne se méfiera peut-être pas.

« Il a accepté de déjeuner avec moi dans son quartier, Mu Dan Yuan, près des universités. C'est un *long shot*, mais on va le jouer.

– Bravo, dit Malko. Moi, je suis un peu sur des charbons ardents. J'ignore quel jeu joue Ling Sima. Pourtant, une chose est sûre. Les Chinois la téléguident. Ils veulent en savoir plus sur la position américaine à propos de « Dragon Rouge ».

« C'est à moi de jouer fin.

– Que le *Good Lord* soit avec vous, s'exclama l'Américain. Je crains que toute cette affaire ne soit une manip chinoise de grande envergure. J'espère que vous n'allez pas vous brûler pour les beaux yeux de Ling Sima. J'ai vu des photos d'elle. Magnifique. Les anacondas blancs *aussi* sont magnifiques, mais ils vous étouffent sans même que vous vous en rendiez compte.

CHAPITRE VI

Ling Sima avait repris sa tenue « modeste » pour se rendre rue Dongchang'an. Tailleur strict, chaussures plates, cheveux tirés, peu de maquillage.

Installée dans le bureau qui lui avait été attribué au sixième étage, sur l'ordre de Zhou Yong Kang, elle rédigeait le compte-rendu de sa rencontre avec Malko Linge. N'oubliant *rien*. Il y avait sûrement des agents du Guoanbu dans la salle du restaurant. Elle insistait même sur sa tenue « excentrique » : elle était en mission.

En rédigeant son rapport, Ling Sima prenait peu à peu conscience qu'elle se trouvait au cœur d'une affaire d'État. La révélation de Malko sur « *Red Dragon* » l'avait stupéfiée. Bien sûr, elle avait quitté la Chine depuis plusieurs années, n'y revenant que pour de brefs séjours, mais elle connaissait le slogan de Parti : enrichissez-vous. Elle avait été à Shanghai, suivait l'ascension de la Chine sur le plan économique et se dit que cette affaire ressemblait furieusement à un coup de bluff. Seulement, elle devait garder son opinion pour elle. Vis-à-vis de tout le monde.

Elle se demanda quelle allait être la prochaine étape. Désormais, elle était certaine de revoir Malko. Et de l'enfumer sur l'ordre de ses chefs.

Son pensum terminé, elle prit le document imprimé par l'ordinateur, remit son manteau de laine rouge et sortit du bureau, composant le code d'accès chiffré. On lui avait dit que ce code changerait chaque semaine, et, qu'à part la personne qui le lui communiquait – un haut fonctionnaire du Guoanbu – personne, à part elle, ne le connaissait. Ce qui signifiait qu'elle était responsable de toute fuite éventuelle.

Elle monta un étage et déposa le document chez la secrétaire de Zhou Yong Kang, sous enveloppe scellée. La femme ne fit aucun commentaire.

Les taxis défilaient dans l'avenue Dongchang'an et elle n'attendit pas deux minutes. Tout en roulant vers son appartement, elle était habitée par une vague angoisse : souvent en Chine, ceux qui avaient été mêlés à des secrets d'État, sans appartenir au Premier Cercle, avaient un sort peu enviable : suicide, « accident » ou disparition pure et simple. Dans la Chine de 2011, on pouvait disparaître totalement, sans que personne ne sache jamais ce qu'il vous était arrivé.

Sauf le « Département des Secrets d'État » qui communiquait ses ordres au Guoanbu. Celui-ci ne connaissait pas toujours la cause de cette mise à l'écart définitive.

Le vigile dans le hall de son immeuble la salua respectueusement. Évidemment, il ignorait ses fonctions, mais tous les occupants de l'immeuble étaient des VIP méritant le respect.

Ling Sima se sentait vidée.

Elle se déshabilla et fila dans sa salle de bains pour se faire couler un bain. Une fois dans l'eau, elle commença seulement à se détendre. Laissant son esprit vagabonder. Ce qui la ramena à Malko. Sans se l'avouer, elle avait éprouvé un choc très fort en le revoyant, une sorte de brûlure au creux du ventre, de chaleur irradiante. Elle avait senti les pointes de ses seins durcir et avait dû faire un effort prodigieux pour rester froide en apparence.

Elle-même ne comprenait pas cette passion. Elle était comme dédoublée, lors de leur première rencontre, lorsqu'il l'avait sodomisée à Bangkok. Une sensation qu'elle n'avait jamais ressentie. Un acte sexuel qu'elle s'était toujours interdit de faire. Certes, elle avait une vie sexuelle, mais sage, presque hygiénique. Là, c'était différent : en sentant le sexe de cet homme fiché profondément dans ses reins, elle s'était mise à jouir sans interruption, sans savoir pourquoi.

Cela avait été les premiers feux d'un brûlot qui ne s'était jamais éteint. Quelque chose se dégageait de cet homme, de ses yeux dorés, qui transformaient Ling Sima en lapin fasciné par un cobra.

Lorsqu'ils s'étaient retrouvés, quelques jours plus tôt, ce n'était pas sur ordre qu'elle l'avait pris dans sa bouche. Simplement un désir irrépressible de toucher son sexe, de l'avoir dans une des ouvertures de son corps.

Tandis que les pensées s'entrechoquaient dans sa tête, sa main glissa tout doucement le long de son corps, se posant sur son sexe. Elle ferma les yeux et commença à se caresser doucement, revivant ce moment où elle s'était conduite comme une fille de joie.

Elle, pétrie d'orgueil !

***

De nouveau, Zhou Yong Kang avait réuni la cellule chargée de traiter le problème Li Xiao Peng. À la suite d'une information qui lui avait été transmise par l'armée.

Il parcourut la table du regard et annonça :

– Le général Li Xiao Peng part lundi prochain en inspection du corps aérien stationné dans le Fu-Kien, en face de l'île de Taïwan. Il doit visiter les unités de Sukhoi 30, et celles équipées de missiles.

– Cette inspection était prévue ? demanda Hai Ping, le représentant du Parti au sein du Guoanbu.

– Oui, mais personne n'y avait prêté attention. Cela fait partie de ses attributions : il est inspecteur général de l'armée de l'air.

Un ange passa, en volant très bas.

Tous les dignitaires du Parti craignaient l'armée qui avait été mise, politiquement, à la portion congrue, tout en étant câlinée.

Devant le silence pesant et prolongé, Zhou Yong Kang continua :

– Il se trouve que le général commandant les batteries de missiles est aussi un Prince Rouge, camarade du général Xiao Peng.

De nouveau, le représentant du Parti intervint :

– Est-il possible que nous ayons à faire à un cas de désobéissance intérieure à l'armée ? Une sorte de putsch ? Combien de temps faut-il pour préparer une attaque sur Taïwan ?

– Je ne sais pas, avoua Zhou Yong Kang, mais pas longtemps. Les troupes, les munitions et le matériel sont sur place. En théorie, donc, cette force aéronavale pourrait se mettre en branle en quelques heures.

« Seulement, elle se compose de nombreux régiments. Or, dans chacun d'eux, il y a un commissaire politique, représentant du Parti. À ce stade, il n'y a que deux hypothèses. Ces fonctionnaires ont été achetés ou convaincus. Ou alors, les commandants locaux projettent de les « neutraliser » avant l'action.

« Personnellement, je ne crois à aucune de ces hypothèses.

Nouveau silence. Lourd.

Zhou Yong Kang reprit la parole pour dire :

– La seule hypothèse réaliste est que cette action se ferait *avec* le feu vert du Parti.

– Le président Hu Jin Tao serait au courant ? jappa Hai Ping.

Zhou Yong Kang secoua la tête négativement.

– Le président n'est pas le membre le plus puissant des *neufs* du Bureau Permanent du Comité Central du Parti Communiste. Celui-ci comporte un homme de Jiang Ze Min, Li Chang chan, qui prônait depuis longtemps l'invasion de Taïwan. Si les militaires savent avoir une majorité d'amis dans cette instance, ils ont une couverture. Le Parti arrivera toujours à justifier les faits, en manipulant les médias et même des membres du Parti.

– Ce serait une Révolution de Palais, avança le représentant du Parti.

Mal à l'aise.

À son niveau, il pouvait très bien ne pas être au courant. Zhou Yong Kang enfonça le clou :

– Nous sommes en 2011. Statutairement, le président Hu Jin Tao doit abandonner ses fonctions l'année prochaine. Son successeur est déjà nommé. Peut-être que certains, au cœur du Parti, ont choisi une autre voie. Il est certain que si l'invasion de Taïwan était un succès, sans trop de dommages collatéraux, ceux qui l'auraient appuyée seraient plébiscités par les autres membres du parti.

« On vole toujours au secours de la victoire…

Le Bureau Permanent du Comité Central du parti communiste était le seul organe « exécutif » du Parti. Les 370 membres du Comité Central ne comptaient pas, pas plus que les 75 millions de membres.

De plus, la réunification de Taïwan et de la Chine était depuis toujours une « Divine Mission » de l'Armée populaire de Libération. Une question d'honneur national, ce qui comptait en Chine.

Zhou Yong Kang laissa les participants méditer sur ces riantes perspectives, puis trancha froidement.

– Nous nous trouvons devant un dilemme : un de nos agents est en contact avec un agent de la CIA venu à Pékin analyser la situation. Nous devons lui « vendre » une histoire crédible. N'oublions pas qu'il représente le gouvernement américain. On ne peut pas dire n'importe quoi.

« Si nous adoptons une position négative et qu'il se passe quelque chose, c'est une catastrophe pour le Parti.

– Que suggérez-vous ? demanda le représentant du Bureau des Secrets d'État.

– Que nous jouions avec les Américains une carte qui nous permet de gagner du temps. Pour savoir avec certitude ce qui se trame.

« Pendant ce temps, nous allons surveiller le général Li Xiao Peng de près, essayer de connaître ses complices éventuels. Afin de prendre une décision finale. Êtes-vous d'accord avec cette approche ?

Toutes les têtes s'inclinèrent silencieusement. Zhou Yong Kang sortit alors un document d'une page qu'il avait déjà signé et le tendit à son voisin de gauche.

– J'aimerais que toutes les personnes présentes apposent leur signature ici, dit-il. De façon à laisser une trace écrite de nos délibérations.

Le document fit le tour de la table dans un silence de mort et, pendant un moment, on n'entendit que le crissement des stylos sur le papier.

Après l'avoir récupéré, Zhou Yong Kang regarda avec satisfaction les caractères bien calligraphiés et rangea le document. C'était son assurance-vie.

Au Parti, on ignorait comment tournaient les choses. Il avait beau être très proche de Hu Jin Tao, personne ne le protègerait si les choses tournaient mal...

***

Le bombardier Challenger 100 du général Li Xiao Peng atterrit sur la base de Longtian, à côté de Fuzhou, juste en face de l'île de Taïwan. Cet appareil, un appareil construit au Canada, servait d'appareil de liaison pour les VIP. Le rayon d'action avait été porté de 2100 à 3500 kilomètres.

Le général Xiao Peng était accompagné de plusieurs aides de camp et fut accueilli par son ami, le général Tchang Kai, commandant les escadrilles de Sukhoi 30. Les deux hommes s'étreignirent longuement sans souci des témoins : ils se connaissaient depuis un quart de siècle.

Un homme faisait aussi parti du voyage : Ming Zu, le commissaire politique le plus gradé de l'armée de l'air. Attaché à la personne du général Li Xiao Peng.

Aussi, lorsque ce dernier entendit son ami Tchang Kai lui annoncer :

– J'ai une surprise pour toi. Demain, on va prendre mon avion et on ira à Sanya voir les sous-marins.

À Sanya, sur l'île de Hainam, était installée la plus grande base de sous-marins chinois.

Le général Li Xiao Peng, étonné, remarqua :

– Je n'ai rien à faire là-bas. Cela risque de créer des tensions avec la Marine.

Son copain sourit.

– Ne crains rien. C'est un vieux copain qui commande la base, Lumi Nanquiao. Tu te souviens de lui ?

– Oui, bien sûr, cela me fera plaisir de le revoir.

– Bien, allons déjeuner, je t'ai fait préparer un menu de poissons dont tu te souviendras. Sept poissons différents. C'est la spécialité de la région.

Il l'entraîna jusqu'à son spacieux bureau, installé

sur la base et tira d'un tiroir une bouteille de cognac français, avec deux verres.

– On va boire à nos retrouvailles ! lança-t-il. Ce cognac vient de Taïwan, en contrebande. Il coûte beaucoup moins cher qu'ici…

Li Xiao Peng ne pouvait pas refuser un verre de cognac. L'alcool glissa dans son gosier, le réchauffant et provoquant une bouffée d'optimisme.

***

Malko se trouvait au bar du Kempinski lorsque son portable couina, indiquant qu'il avait un SMS.

C'était un texte très court en anglais :

« *Please comme to my office à 9 PM today. Me Meng Chao Li.* »

Son premier réflexe fut un soulagement : l'avocat de Lou Zhao donnait enfin des nouvelles. Ensuite il réalisa qu'il n'avait pas la moindre idée de l'adresse de son bureau. Deux minutes plus tard, il était en ligne avec Al Snyder. L'Américain sembla plus qu'étonné.

– C'est bizarre ! remarqua-t-il, je n'ai aucune nouvelle de lui. Il aurait pu me téléphoner.

– Vous savez où est son bureau ?

– Il faut que j'appelle mon bureau, je n'y ai jamais été. Un de mes « *case-officers* » va nous accompagner. Je passe vous prendre au Kempinski dans une heure.

Malko n'avait plus qu'à terminer sa vodka bien glacée.

Lorsqu'il sortit de l'hôtel une heure plus tard, une limousine noire stationnait devant l'hôtel. Il prit place à l'arrière avec le chef de Station. Celui-ci semblait encore plus perplexe.

– J'ai appelé le bureau de Me Meng Chao Li, dit-il, personne n'a répondu. On va quand même y aller. C'est assez loin.

Effectivement, c'était loin, au sud de la place Tien An Men, tout près du troisième périphérique, un immeuble assez moche. Plusieurs plaques de cuivre en chinois et en anglais. Le « *case-officer* » qui les accompagnait en désigna une, uniquement en chinois.

– Voilà, second étage.

Il n'y avait pas de code à la porte et ils entrèrent dans un couloir sombre et mal éclairé. L'ascenseur fonctionnait en grinçant. Pas un bruit dans l'immeuble : il n'y avait que des bureaux et tous devaient être vides à cette heure.

Les trois hommes s'avancèrent sur le palier avec précaution. La minuterie ne marchait pas. C'est grâce à la lueur de l'ascenseur qu'ils découvrirent la bonne porte.

Malko appuya sur la sonnette, sans résultat. Ensuite, il frappa, sans obtenir plus de réponse. Il allait repartir lorsqu'il réalisa que la lourde porte en bois était juste poussée. Il lui suffit d'appuyer sur le battant pour qu'elle s'ouvre, découvrant un couloir éclairé, desservant plusieurs pièces.

Al Snyder s'arrêta et appela.

– Me Meng Chao Li !

Pas de réponse. Il y avait une drôle d'odeur dans l'air, mais ils ne purent pas l'identifier. Ils s'engagèrent dans le couloir, ouvrant les portes, découvrant des bureaux vides et un débarras. Il ne restait qu'une porte au fond.

Malko la poussa et, aussitôt, une odeur face et écœurante frappa ses narines. Une odeur qu'il connaissait bien : celle du sang.

***

La pièce était éclairée. Un bureau banal, avec des classeurs. Malko trouva le commutateur électrique et alluma. Au fond se trouvait un grand bureau, encombré de dossiers. Un homme était effondré dessus, le visage dans les papiers. Ils se précipitèrent.

Me Meng Chao Li avait le torse effondré sur le bureau. Ses lunettes étaient tombées. Sa main gauche appuyait sur la marqueterie et la droite serrait encore un petit révolver.

– *My God* ! fit à voix basse Al Snyder.

L'avocat portait un gros trou sous le menton et des débris sanglants s'étaient collés jusqu'au plafond où on distinguait une tache brune : celle de l'entrée du projectile, qui, après lui avoir traversé le crâne, s'y était fiché.

Malko effleura le visage du mort : il était encore tiède. Donc, sa mort remontait à moins d'une heure.

– *Fuck you* [1], gronda l'Américain, ce n'est pas un suicide.

Pourtant, la position de l'arme, encore appuyée sous le menton du mort, était parfaitement normale. L'avocat ne portait aucune trace de coup, aucune ecchymose. Par terre, ils distinguèrent sa serviette ouverte d'où débordaient des papiers.

– On l'a assassiné, laissa tomber Malko.

Ivre de rage.

Al Snyder fouillait déjà dans la serviette, sans rien y trouver, puis inspecta un semainier plein de dossiers. Un des tiroirs portait la mention « *American embassy* ».

– Nous lui confions souvent des dossiers expliqua l'Américain.

Il était déjà en train de les sortir un à un. Lorsqu'il les eut examinés tous, il se tourna vers Malko.

– Il n'y a rien sur Lou Zhao. Pourtant, je lui avais envoyé un courrier officiel et un chèque.

– On appelle la police ? suggéra le « case-officer », légaliste.

Al Snyder secoua la tête.

– À quoi bon ? Cela ne fera que des complica-

1. Merde !

tions et ils vont évidemment conclure qu'il s'est suicidé. Allons-y.

Ils quittèrent le bureau, le laissant allumé et refermant la porte.

Ils ressortirent de l'immeuble sans avoir croisé personne. La rue était déserte.

– Vous avez dîné ? demanda Al Snyder à Malko.

– Non.

– Dans ce cas, on va chez moi. Je devais dîner à la maison. On va avoir le temps de discuter.

***

Malko n'avait plus faim. Pourtant, la cuisinière d'Al Snyder avait préparé un superbe « *rack of lamb* ». Le coin salle à manger était cosy. L'Américain vivait seul, sa femme se trouvant aux États-Unis. Lui non plus ne semblait pas avoir beaucoup d'appétit. Il posa sa fourchette et lâcha :

– Ces enfoirés n'ont pas aimé la promenade à Qincheng.

Malko secoua la tête.

– Ce n'est pas cela. Si c'était le cas, il leur était facile d'enchrister l'avocat. On n'en aurait jamais rien su et il était hors courses. Non, c'est autre chose : un message à notre intention.

– Un message ?

– Oui. Qu'il ne faut pas toucher à Lou Zhao.

Al Snyder le fixait avec stupéfaction.

– Mais je croyais que vous aviez commencé les négos avec les Chinois ! Pourquoi font-ils cela ?

– Parce que, pour une raison que nous ignorons encore, Lou Zhao représente un danger à leurs yeux. Ce qui signifie qu'elle ne se trouve plus à la prison de Qincheng.

– Et où serait-elle ?

Malko eut un geste d'impuissance.

– Je l'ignore, mais on doit pouvoir avoir accès à elle. Le meurtre de Me Meng Chao Li est un avertissement signifiant que je dois rester dans le cadre de la négociation officielle, sans chercher à en savoir plus. C'est intéressant.

– Pourquoi ?

– Parce que cela signifie qu'il y a quelque chose à découvrir au sujet de Lou Zhao. Donc, que nous devons tenter par tous les moyens de la retrouver.

– Comment ?

– Il faudrait découvrir l'adresse de son domicile. Vous n'avez pas reçu la réponse de Tokyo ?

– Pas encore. Vous pensez qu'elle est chez elle ?

– Ce n'est pas impossible. Si elle était morte ou en prison, ils ne chercheraient pas à nous éloigner d'elle.

Le maître d'hôtel remporta les deux « *rack of lamb* » sans qu'ils y aient beaucoup touché. L'atmosphère était lourde. On retrouvait la brutalité habituelle des Services chinois.

Al Snyder rompit le silence.

– Demain, je dois déjeuner avec le général Xu Gangyu. Cela me refroidit. Je ne voudrais pas qu'il lui arrive quelque chose.

– Normalement, assura Malko, il n'est pas connecté à cette affaire, mais en ce moment, il faut faire attention. Si j'étais vous, j'effectuerais une rupture de filature avant de le retrouver. Lui n'est probablement pas surveillé, mais vous l'êtes sûrement.

« Vous avez un moyen ?

– Oui, que j'ai déjà utilisé pour rencontrer des dissidents. C'est une petite manip à monter. Je prends le métro jusqu'à une certaine station où une voiture m'attend. Évidemment ce n'est pas safe à cent pour cent. Et les Chinois vont se douter que j'ai eu un « contact » et chercher à savoir lequel.

– C'est un moindre mal, conclut Malko, même si cette rencontre ne risque pas d'apporter grand-chose. Maintenant, pouvez-vous me faire déposer au Kempinski. J'ai eu assez d'émotions pour ce soir.

***

Quelques jeunes Chinois friqués étaient étalés au bar avec des compagnes vêtues à la dernière mode occidentale, à côté de la brochette habituelle d'expats traînant leur ennui. On avait vite fait le tour des putes qui, la plupart, étaient des paysannes peu expertes dans l'art érotique. Quant aux Chinoises « normales », elles étaient toujours distantes et il fallait de sérieux atouts pour les dégeler.

Malko prit l'ascenseur et glissa sa carte magnétique dans la serrure. S'arrêtant aussitôt après avoir poussé le battant. Il y avait de la lumière dans sa chambre.

CHAPITRE VII

Le pouls de Malko s'envola et il demeura cloué sur place. Après ce qu'il venait de voir chez Me Meng Chao Li, il se méfiait des surprises. Une voix de femme, venant du fond de la pièce le fit sursauter.

– Ne crains rien, c'est moi.

Il fit trois pas et découvrit Ling Sima assise dans un fauteuil, en train de fumer. La jeune femme était en pantalon beige, et pull assorti. À côté d'elle un gros manteau de fourrure. Le pouls de Malko redescendit brutalement.

C'était vraiment inattendu. Il réussit à reprendre son sang-froid.

– Qui croyais-tu que c'était ? demanda la jeune femme sans cesser de sourire.

Malko s'abstint de lui parler de Me Meng Chao Li. D'ailleurs, elle n'était peut-être pas au courant. Il se rapprocha d'elle et lui tendit la main.

– Je croyais que tu ne voulais pas venir à l'hôtel ?

– Pas *avec* toi. Là, je suis venue seule et je suis passée par l'entrée de service.

À son tour, elle s'était levée et passa les bras autour de son cou, appuyant son corps au sien.

– Je sais que ce n'est pas une tenue que tu aimes, dit-elle d'un ton léger, mais, dessous, il y a moi.

« J'avais très envie de te voir.

Brusquement, elle écrasa sa bouche contre la sienne et son bassin se pressa contre lui. En quelques secondes, les réticences de Malko fondirent comme neige au soleil. Furieusement, il remonta son pull, saisit les seins à travers le soutien-gorge, puis, l'arrachant presque, prit les pointes entre ses doigts, les maltraitant à les arracher.

Ling Sima continuait à l'embrasser, leurs dents se cognaient. Lorsqu'il glissa une main entre leurs deux corps et saisit le zip du pantalon, elle poussa une sorte de gémissement ravi. Déjà les doigts de Malko glissaient le long du slip, puis dessous.

Lorsqu'il atteignit le sexe, lui aussi s'enflamma d'un coup. Cette visite était tellement inattendue.

Ils titubaient au milieu de la pièce, essayant maladroitement de se déshabiller mutuellement. Ling Sima s'était débarrassée de son pull, son soutien-gorge avait glissé et son pantalon tombait inexorablement vers ses chevilles.

Elle se détacha soudain de Malko.

– Viens.

Elle l'entraîna jusqu'au lit. S'y étant laissé tomber, elle leva les jambes pour se débarrasser du même coup de son pantalon et de ses chaussures.

C'est Malko qui lui arracha son slip.

Collée à lui, elle le regarda quelques secondes, son pubis collé à son ventre et murmura :

– Maintenant, baise-moi !

Elle avait basculé sur le dos et l'attendait, les jambes ouvertes.

Lui était raide comme un manche de pioche. Lorsqu'il glissa au fond de son ventre, il retint un cri de bien-être. Ling Sima avait crispé ses deux mains sur ses fesses et il sentait les ongles de la jeune femme s'enfoncer dans sa peau, pour le faire pénétrer encore plus en elle.

Cela lui rappelait l'épisode du *Yaa-Baa* à Bangkok, où elle avait abandonné toute retenue.

Cet abandon augmentait son désir à lui et il sentit qu'il ne tiendrait pas longtemps.

Soudain, Ling Sima le repoussant, l'arrachant de son ventre, se retourna et s'agenouilla sur le lit, la croupe haute, la tête contre la courtepointe. Un musulman priant face à la Mecque…

Cependant il n'y avait rien de religieux dans son attitude. D'ailleurs Malko ne s'y trompa pas. Le temps de se positionner derrière elle, il l'envahit de nouveau, sachant toutefois que ce n'était pas ce qu'elle cherchait.

Lorsqu'il se retira et plaça son sexe plus haut, Ling Sima poussa un gémissement étranglé.

– Oui.

Tant pis pour le sphincter. Il poussa de toutes ses

forces, forçant la corolle brune et plongeant dans les reins de la jeune femme. Il y resta abuté sans bouger quelques instants, jouissant de cet instant extraordinaire.

Ling Sima tremblait de tous ses membres.

Puis il vit la croupe devant lui se mettre à onduler. Ling Sima glissa la main droite sous son corps. La sodomisation ne lui suffisait pas. Cela excita Malko encore davantage et il se déchaîna encore plus.

Jusqu'à ce qu'il soit incapable de se retenir. Il lâcha sa semence avec un hurlement sauvage et sentit le bassin de Ling Sima descendre doucement, jusqu'à ce qu'elle soit à plat ventre sur le lit.

Lui était toujours fiché en elle. Il s'apprêtait à la quitter lorsqu'il sentit la muqueuse la plus secrète de la Chinoise commencer à le masser comme une main invisible. Il sentait son sphincter se resserrer autour de lui avec une force incroyable. Tout doucement, Ling Sima murmura :

– Essaie de recommencer.

***

Il était parvenu à la prendre une nouvelle fois et Ling Sima reposait, nue sur le lit, en train de fumer une cigarette.

Elle tourna la tête vers Malko et dit pensivement :

– Je ne comprendrai jamais pourquoi j'aime tant cela avec toi. C'est une sensation extraordinaire. J'ai l'impression de mourir.

« En même temps, j'ai honte. Ce sont les courtisanes qui font l'amour de cette façon.

– Heureusement, non ! assura Malko. Beaucoup de femmes sensuelles adorent se faire prendre de cette façon.

– Jamais je n'oserai l'avouer à qui que ce soit, soupira Ling Sima.

Ils demeurèrent silencieux quelques instants, puis elle écrasa sa cigarette dans un cendrier et se tourna vers lui.

– Il faut que je te parle.

Un picotement désagréable traversa l'épine dorsale de Malko, douchant son plaisir précédent. Où était la vérité avec Ling Sima ?

– Je t'écoute, dit-il.

Elle alluma une nouvelle cigarette et croisa les jambes, dissimulant involontairement son ventre nu.

– J'ai parlé à mon chef, dit la Chinoise, je lui ai répété ce que tu m'avais dit.

– Et alors ?

– D'abord, il a été contrarié que je sois au courant de *Red Dragon*. Il m'a souligné que c'était une information connue seulement d'une poignée de hauts dirigeants. Que, *normalement*, je n'aurais jamais été autorisée à la connaître.

Irrité, Malko souligna :

– Information connue aussi de la CIA et du président des États-Unis…

– Nous sommes en Chine, le monde extérieur n'existe pas.

– C'est tout ?

Ling Sima tira une longue bouffée de sa cigarette.

– Non. Je l'ai revu, en compagnie d'un homme très important.

– Qui ?

– On m'a autorisée à te le dire. Il s'agit de Zhou Yong Kang, qui a des liens très importants avec le Guoanbu et est considéré comme le n° 3 du Régime. Il a un accès direct et fréquent au président Hu Jin Tao.

– Son nom ne me dit rien, avoua Malko.

Ling Sima sourit.

– Demande à Al Snyder. *Lui*, il le connaît, même s'il ne l'a jamais rencontré. C'est un homme de l'ombre, pas un pantin comme beaucoup d'apparatchiks, avec un pouvoir réel. Un vieux membre du Parti.

Elle tournait autour du pot et cela agaça Malko.

– Que t'a-t-il dit ? demanda-t-il.

Elle plongea son regard dans le sien.

– Il veut d'abord avoir la confirmation de ce que pensent les dirigeants chinois. De ta bouche. Es-tu en Chine pour en savoir plus sur « *Red Dragon* » ?

– Oui, répliqua sans hésiter Malko, mais ils le savaient déjà. Sinon, ils n'auraient pas accordé un visa à un agent de la CIA qui a abattu deux membres du Guoanbu à Tokyo.

Ling Sima balaya les deux morts d'un geste désinvolte.

– Ce sont des contingences mineures. Nous sommes dans une affaire d'État. La question suivante est simple : es-tu autorisé à *négocier* éventuellement avec les dirigeants chinois ?

Question piège. S'il répondait « oui », il perdait toute crédibilité.

– Non, bien sûr, dit-il. Je suis là pour *transmettre* des informations éventuelles.

– À qui ?

– Elles arriveront à la Maison Blanche.

Il y eut un long silence, comme si Ling Sima hésitait sur la conduite à tenir. Maintenant, Malko était persuadé que sa chambre était « sonorisée ». Une conversation aussi importante *devait* laisser une trace matérielle.

– Bien ! dit-elle, dans ce cas je suis autorisée à te donner la position réelle de la Chine sur « *Red Dragon* ». Bien entendu, elle est réservée à un petit cercle de dirigeants.

« L'opération est réellement projetée pour l'automne.

– L'invasion de Taïwan ?

– Oui. D'après ce qu'on m'a dit. Une « Blitzkrieg » de quelques jours, appuyée par de gros moyens. Ceux qui l'ont décidée tablent sur l'indifférence du monde à l'égard de Taïwan, à part, bien entendu les Japonais. Mais, ceux-ci sont un tigre sans dents.

– Et les États-Unis ?

– C'est *le* problème. S'il n'y avait pas eu cette fuite, ils auraient été prévenus trop tard pour réagir efficacement. Le président Obama, d'après nos analystes, est trop empêtré dans les problèmes domestiques pour se lancer dans une croisade pour Taïwan. À peine 2% des Américains connaissent son existence.

– Tes dirigeants sont sûrs de la victoire ?

Ling Sima secoua la tête.

– Non, en dépit de nos sources taïwanaises, nous ignorons la capacité réelle de résistance de l'armée taïwanaise. En plus, il n'est pas question de se lancer dans une opération de longue haleine, qui déclencherait des sanctions au Conseil de Sécurité et forcerait les États-Unis à avoir un rôle plus actif.

– Alors, quel est l'intérêt ? s'étonna Malko.

La Chinoise sourit.

– Soit nous écrasons la résistance taïwanaise et nous prenons possession de l'île avec un minimum de dégâts collatéraux et le cas de Taïwan est plié.

« Soit nous sommes obligés de battre en retraite, après une semaine de combats.

– Pourquoi une telle attaque, alors ?

– Qu'ont fait les Russes en Géorgie, il y a trois ans ? demanda Ling Sima. Ils n'ont jamais eu l'intention de prendre Tbilissi ou d'occuper la Géorgie. Ils voulaient *d'abord* faire peur aux Géorgiens et montrer qu'ils ne reculaient pas devant l'opprobre international. Et aussi, récupérer des parties de la Géorgie peuplées par des Russophones.

« Une opération limitée.

– Quel est le parallèle ?

– Si nous reprenons Taïwan, nous aurons engrangé une grande victoire auprès du peuple chinois, de tous ceux qui ne bénéficient pas encore de la richesse matérielle. Nous sommes nationalistes, et, même ceux qui ne pensent jamais à Taïwan se sentiront fiers.

« Il y a un précédent historique. Après la guerre franco-allemande de 1870, les Allemands avaient annexé l'Alsace et la Lorraine. À la guerre suivante, 1914-1918, les Français ont récupéré leur province.

« Près de cinquante ans après…

« N'oublie pas que Taïwan est peuplé de Chinois, même s'ils ont été confisqués par le Kuo-Min-Tang en 1949…

« Au cas où nous ne réussirions pas, je pense que les Taïwanais auront eu assez peur pour infléchir leur politique vis-à-vis de nous, afin de trouver le même genre de solution que pour Hongkong.

– C'est-à-dire, une annexion pure et simple, souligna Malko.

Ling Sima lui décocha un regard acéré.

– Disons plutôt une réunification.

Elle était bien chinoise.

– Évidemment, enchaîna-t-elle, dans cette affaire, il n'y aura qu'un perdant : les États-Unis. Ils auront perdu la face politiquement. Ce qui peut considérablement handicaper leur politique extérieure. Depuis toujours, ils brandissent des sanctions terrifiantes contre la Chine, si elle touchait à Taïwan. Économiquement, ils en sont incapables, parce qu'ils nous doivent trop d'argent. Militairement, ils n'auront pas le temps de réagir. Sauf à envoyer par avion des troupes américaines stationnées en Corée.

« C'est peu probable ; il faudrait un accord du Congrès et Obama ne l'obtiendra pas.

« En plus, cela serait inutile et coûteux en vies humaines.

Comme si c'était un problème pour les Chinois.

Lors de la guerre de Corée, un demi-siècle plus tôt, ils avaient lancé des vagues d'assaut pour traverser le Yalu séparant la Chine de la Corée, en sacrifiant des milliers d'hommes.

Le silence retomba et Ling Sima se leva pour disparaître dans la salle de bains avec ses affaires. Lorsqu'elle en ressortit, Malko n'avait qu'une question :

– Donc, l'information transmise par Lou Zhao était exacte ?

La Chinoise eut une légère hésitation.

– En partie, corrigea-t-elle.

– Pourquoi, en partie ?

– Parce que le Parti est divisé sur « *Red Dragon* ». Je suis autorisée à te dire que le président Hu Jin Tao s'y oppose mais qu'il n'a pas le pouvoir de bloquer l'opération. Ce serait provoquer une grave crise intérieure au plus haut niveau. Avec des conséquences incalculables.

« Voilà ce que j'ai été autorisée à te transmettre.

– Tout ce que tu viens de me dire, je peux l'attribuer à qui ? demanda Malko.

– À Zhou Yong Kang, répliqua sans hésiter Ling Sima.

– Officiellement ?

Elle sourit :

– Officiellement, entre toi et moi.

Il allait donc transmettre à la Maison Blanche un message « officieux » du Parti communiste chinois. Quelque chose manquait. Pourquoi les Chinois se découvraient-ils ainsi au lieu de prolonger un suspense que les Américains n'avaient aucun moyen de percer ?

– Pourquoi m'avoir fait venir ici ? interrogea Malko. C'est un geste « amical » des autorités chinoises ?

Geste hautement improbable, les Chinois ne pratiquant pas la philanthropie.

– Non, reconnut Ling Sima. Les membres du Parti qui s'opposent à cette aventure sont en minorité. C'est pour cela qu'ils ont décidé de demander l'aide des États-Unis.

– L'aide ? demanda Malko, interloqué. Que peuvent faire les États-Unis, à par prévenir les Taïwanais ?

– Quelque chose de beaucoup plus utile, laissa tomber Ling Sima. Donner aux minoritaires un argument de poids contre leurs adversaires. En leur faisant miroiter qu'il est plus intéressant pour la Chine de renoncer à ce projet que de le continuer.

On y était.

Les Chinois cherchaient à vendre cher un éventuel renoncement à leur projet. Malko prit la balle au bond.

– Qu'est-ce que tu suggères ?

Ling Sima répondit d'un geste évasif.

– Mon message s'arrête là. Tu devrais le transmettre tel qu'il est. Le reste est une négociation secrète d'État à État, transmise aux deux parties par toi et moi.

– Et pourquoi ne pas avoir confié cette tâche à des diplomates ?

– Le Parti ne veut pas que cela s'ébruite et nous n'avons pas confiance dans les diplomates ; trop de freins, trop d'indiscrétions. Là, il s'agit d'une relation *directe* entre responsables, car toi et moi ne comptons pas.

« Voilà. Tu as mon numéro. Quand tu auras une réponse, si tu en as une, tu m'appelles à ce numéro.

Elle se rassit et griffonna un numéro : 127 3977.

– Ce numéro ne servira qu'à cela, précisa-t-elle. Il aboutit chez une seule personne.

Debout, elle s'approcha de Malko et posa ses lèvres sur les siennes. D'abord, légèrement, puis en appuyant plus. Entre l'amitié et la passion.

Elle s'esquiva ensuite, ne laissant qu'une légère odeur de parfum.

Malko n'avait plus sommeil.

Enfin, les choses bougeaient, même s'il était encore trop tôt pour dire dans quel sens.

La première hypothèse de la CIA se vérifiait : les Chinois avaient bien voulu lancer des négociations.

Pourtant, cela paraissait trop simple, trop évident. Malko se demanda s'il n'était pas tombé dans un piège sophistiqué où le Parti communiste chinois essayait d'entraîner les États-Unis. Il n'avait qu'une seule façon de tirer la situation au clair : retrouver la source, le général Li Xiao Peng et, d'abord, celle à qui celui-ci s'était confié, Lou Zhao.

Ce qui était arrivé à Me Meng Chao Li lui faisait deviner qu'il touchait au cœur du problème.

Plus il allait s'approcher de la vérité, plus il allait prendre de risques.

CHAPITRE VIII

Al Snyder avait branché un magnétophone pour enregistrer le récit de Malko et prenait, en plus, fiévreusement des notes. Lorsque ce fut fini, il releva la tête, le visage grave.

– Cette fois, nous sommes au cœur du problème. Bien entendu, je vais transmettre ceci à Langley. Maintenant, c'est à eux de jouer. Ou plutôt, au Président.

– Que pensez-vous de l'hypothèse que m'a « vendue » Ling Sima ? Vous paraît-elle crédible ?

La réponse fut longue à venir, puis le chef de Station de la CIA avoua :

– Honnêtement, je ne peux pas vous dire « non ». Nous savons très peu dc choses du processus de décision du Parti Communiste chinois. Pour autant dire, rien. Ce ne serait pas la première fois que les membres du Bureau Permanent du Parti communiste s'affrontent. La position de Hu Jin Tao, décrite par votre amie Ling Sima, est logique. Comme le fait qu'il ne soit pas capable d'imposer sa volonté :

ce n'est qu'un apparatchik en bout de course : l'année prochaine, il se sera plus rien.

« Si nous prenons l'hypothèse optimiste, les Chinois, affolés par la découverte de leur projet secret, essaient de le monnayer, ce qui est parfaitement dans leurs habitudes.

– Il y a *aussi* une seconde hypothèse, répliqua Malko. Tout ceci n'est qu'une partie de la vérité et ils nous enfument. Seulement à ce stade nous n'avons rien de concret pour soutenir cette thèse.

« Que sont devenus Lou Zhao et le général Li Xiao Peng qui lui a dévoilé le pot aux roses ? Normalement, ils devraient être sévèrement punis. Vous n'avez toujours pas de réponse de Tokyo ?

Al Snyder consulta sa montre.

– Non, je vais les relancer. Aujourd'hui, je déjeune avec le général Xu Gangyu. C'est un « *long shot* » mais peut-être en sortira-t-il quelque chose. Si vous voulez, je vous rejoins dans le hall du Kempinski après. Bien entendu, il faudra attendre d'être à l'extérieur pour parler.

***

Al Snyder fit arrêter sa voiture en face de la station de métro Chaoyangmen, sur la ligne circulaire qui courait parallèlement au deuxième périphérique, et s'engagea dans l'escalier menant à la station sans se presser, tandis que la voiture repartait.

Ce n'était pas l'heure de pointe et il y avait peu de monde dans les wagons, sauf des voyageurs chargés de valises se rendant à la Gare centrale de Pékin.

Le métro était rapide et silencieux. L'Américain comptait les stations. Il descendit à la cinquième, Quiamen, au sud de la grande avenue aux multiples noms qui coupait Pékin d'est en ouest, passant le long de la place Tien An Men, connue des étrangers comme l'avenue de la Paix Céleste.

Il avait choisi cette station pour une raison très simple. Elle se trouvait dans un quartier isolé et il y avait peu de chances pour que les agents du Guoanbu attachés à ses pas aient le temps de réagir.

Lorsqu'il émergea à l'air libre, il repéra immédiatement une Hyundai blanche, comme il y en avait des centaines à Pékin, garée le long du trottoir. En plaques chinoises. Elle appartenait à un employé de l'ambassade, non couvert par le statut diplomatique.

Il s'y engouffra et le chauffeur, un Américain d'origine chinoise, connaissant Pékin comme sa poche et parlant chinois, se retourna.

– Où allons-nous ?

– Dans le quartier Mu Dan Yuan, répondit Al Snyder. J'ai rendez-vous dans un hôtel, le Kun Lun. C'est près des universités, rue Changyi Lou.

Le chauffeur démarra, parcourut un kilomètre puis s'arrêta pour consulter son atlas de Pékin. Al Snyder se retourna. Apparemment, son stratagème avait réussi, personne ne le suivait. Évidemment le Guoanbu devait être en train de remuer ciel et terre pour retrouver sa trace, mais comme on ignorait où il allait, ils avaient peu de chances de réussir.

Le chauffeur repartit, ayant repéré sur la carte la rue Changyi Lou.

***

L'hôtel Kun Lun était minable. On s'attendait à voir sortir des cafards des murs. Un hall poussiéreux où flottait une vague odeur de cuisine, un minuscule salon avec des canapés et des fauteuils élimés.

Le réceptionniste parut surpris de voir un étranger dans cet établissement modeste, éloigné du centre. On était entre le quatrième et le cinquième périphérique. Déjà, presque la banlieue.

Le général Xu Gangyu, installé dans le salon rouge, se leva vivement en voyant l'Américain. De petite taille, il se tenait très droit, dans un costume mal coupé, les cheveux très courts, le visage buriné, ne faisant pas ses soixante-dix-huit ans. Il serra la main de l'Américain et l'entraîna, lui disant en chinois :

– On va dans un bon restaurant, ici, ils ne servent pas à manger !

L'établissement se trouvait à cent mètres à pied. Façade classique chinoise avec les photos des plats dans la vitrine, des rideaux. Lorsqu'ils y pénétrèrent, un serveur qui connaissait visiblement le général, leur trouva tout de suite une place.

– Vous voulez de la Tsing Tao ? demanda-t-il à Al Snyder.

– Avec plaisir. Pour vous aussi ?

– Non, merci, je ne bois que du thé.

– Puisque vous connaissez la maison, je vous laisse commander.

Ce que fit le général. C'était un restaurant de poissons et il en commanda six variétés différentes. Plus son thé au jasmin.

L'endroit était bruyant et Al Snyder était le seul non-Chinois. Pourtant, personne ne s'intéressait à eux. Les gens mangeaient rapidement et s'en allaient. Très peu de femmes. On était déjà dans la Chine profonde.

Al Snyder laissa son invité se plonger dans ses poissons, qui étaient délicieux, avant de poser la première question.

– Général, dit-il, ma Maison me demande de lui parler de votre nouvel appareil « furtif », le J.20. Il y a eu très peu de choses dans la presse. Si vous pouviez m'éclairer un peu. Sans me livrcr de secrets, bien entendu.

Le général sembla apprécier cette discrétion. Al Snyder savait qu'il ne pouvait lui dire que ce qui était autorisé et, de toute façon, se moquait éperdument du J.20. C'était le problème de l'attaché de défense.

Ayant rempli son assiette de différents spécimens de poissons, le général releva la tête.

– C'est un très grand succès de la technologie chinoise. Bientôt, nous arriverons à votre niveau. Vous avez remarqué que cet appareil est très haut sur pattes ? Cela lui permet de transporter des réservoirs supplémentaires sous son fuselage. Contrairement aux vôtres.

Consciencieux, l'Américain sortit un carnet et commença à noter.

*
* *

Les poissons avaient été remplacés par des fruits, l'unique dessert, avec des glaces de qualité douteuse. Le général semblait très satisfait de son exposé qui n'apprenait rien. Al Snyder rompit le silence.

– Vous êtes toujours aux études stratégiques ?

Le Chinois sourit.

– Bien sûr, dans notre pays, nous n'avons pas de limite d'âge. Cela m'intéresse beaucoup.

– Vous tenez des conférences ?

– Oui. Beaucoup d'officiers supérieurs y sont conviés.

L'Américain laissa passer quelques secondes puis posa la seule question qui l'intéressait, d'un ton détaché :

– On m'a dit que le général Li Xiao Peng,

l'inspecteur général de votre armée de l'air, avait été remplacé. C'est exact ?

Le général posa son orange, visiblement étonné.

– Non, c'est inexact, je l'ai encore vu la semaine dernière à un séminaire sur l'utilisation des bombardiers stratégiques.

Al Snyder demeura impassible et mordit dans un litchi. Le général Xu Gangyu venait involontairement de lui livrer une information importante.

L'homme qui avait trahi, involontairement, en révélant à une « source » de la CIA l'existence de « Red Dragon », n'avait pas été sanctionné. Ce qui confirmait qu'il faisait bien partie de l'opération et que le Parti ne se sentait pas assez fort pour le sanctionner.

Ils grignotèrent encore quelques fruits, puis l'Américain demanda l'addition.

Extrêmement modeste. 300 yuans [1].

Lorsqu'ils sortirent du restaurant, le général Gangyu laissa tomber :

– Bien entendu, vous ne parlez pas de notre rencontre.

– Bien entendu, assura Al Snyder.

Alors que le vieux général, à peine rentré, allait rédiger un compte-rendu de leur déjeuner. Mais c'était toujours la même chose, on sauvait la face.

Le chef de Station de la CIA était satisfait. Il avait découvert un élément d'une importance capitale, confirmant les dires de Ling Sima.

1. 30 euros.

***

Malko attendait au bar, devant un *mojito*, quand Al Snyder poussa la porte tournante du Kempinski.

Il le rejoignit aussitôt et l'Américain proposa :

– On va boire un verre au Xiu Bar. Là-bas, il n'y a pas de micro.

Le chauffeur se gara sur le trottoir. C'était le seul bon côté de la circulation à Pékin : au point du vue parking, on pouvait faire n'importe quoi, sauf le long de quelques grands axes. La police, pourtant omniprésente, entre les représentants des Comités de quartier en civil et brassard rouge, les policiers ordinaires et la police militaire. Cependant, l'interdiction du stationnement ne faisait pas partie des objectifs du Parti.

Non seulement, il n'y avait pas de micro au Xiu bar, mais un orchestre entretenait un vacarme d'enfer. C'était une soirée dédiée au champagne Taittinger ! Dès l'entrée, des hôtesses en robe fendue distribuaient une flûte de champagne aux nouveaux arrivants. Il y avait, comme décoration, des bouteilles de Taittinger le long des murs et les membres de l'orchestre portaient des chapeaux noirs en forme de seau à champagne. Bien entendu, c'était bourré.

Ils eurent du mal à gagner le bar.

Après la première gorgée de champagne, Al Snyder raconta son déjeuner, et conclut :

– Le général Li Xiao Peng n'a pas été inquiété, contrairement à Lou Zhao, ce qui signifie qu'il est intouchable.

– Lui n'a pas trahi, remarqua Malko.

– En Chine, corrigea l'Américain, divulguer un secret d'État est un crime, assimilable à la trahison.

– Dans ce cas, demanda Malko, où se trouve Lou Zhao ? Si le général Li Xiao Peng est si puissant, il n'a pas pu protéger sa maîtresse ?

– On n'en sait rien, reconnut Al Snyder.

Malko hocha la tête.

– Tout tourne autour d'elle. Je ne fais pas confiance aux Chinois, ils sont trop retors. J'ai l'impression qu'une partie de la vérité nous échappe.

– En attendant, promit le chef de Station, je vais transmettre tous ces éléments à Washington. À eux de se démerder.

***

John Mulligan, le *Special Advisor for Security* de la Maison Blanche étudiait depuis le matin le document transmis par Léon Panetta. La « réponse » des Chinois.

Perplexe. Après l'avoir soumis à plusieurs analystes « top niveau », il avait conclu que la thèse exposée par Ling Sima tenait la route. Et que les Chinois étaient prêts à échanger une opération hasardeuse contre quelque chose de concret.

Une vraie négo.

Il manquait un élément que n'allait pas manquer de souligner le président des États-Unis. On ne savait toujours pas de façon *certaine* le degré de décision des Chinois. Tout montrait qu'ils avaient été surpris par cette « fuite » et l'énergie qu'ils avaient mise à récupérer Lou Zhao le montrait.

Mais les Américains avaient-ils tous les éléments en main ? Il était impossible de demander aux Chinois une *preuve* concrète, même si tout semblait aller dans le même sens.

La question suivante était : qu'est-ce que les États-Unis pourraient offrir aux Chinois ? Il n'y avait toujours pas répondu lorsqu'il poussa la porte du Bureau ovale, après s'être fait annoncer.

***

Vingt-quatre heures s'étaient écoulées. À cause du décalage horaire, les transmissions prenaient du temps. Malko rongeait son frein.

Inutile de téléphoner à Ling Sima tant qu'il n'aurait pas quelque chose de concret à lui dire. Il paressait devant CNN lorsque son portable couina. Un SMS de Al Snyder :

« Je vous envoie une voiture dans une demi-heure. »

Ce qui lui donna le temps de lire le « China Daily » où, comme d'habitude, il n'y avait que des dépêches d'agence soigneusement expurgées et quelques éditoriaux sans intérêt.

Le chef de Station de la CIA l'attendait dans son bureau.

Il brandit un message déchiffré.

– J'ai la réponse de Washington, annonça-t-il.

Baissant la voix, il annonça :

– C'est la position du Président. Voulez-vous que je vous la lise ?

– Inutile, dit Malko, résumez-la-moi.

– Il renvoie la balle aux Chinois ! Il faut leur demander quel serait le prix à payer pour nous, en échange de l'abandon de « *Red Dragon* » ? Leur réponse va être intéressante. Vous n'avez plus qu'à reprendre langue avec Ling Sima.

– C'est bien joué, reconnut Malko. Je l'appelle tout de suite.

Il était déjà en train de se lever quand l'Américain lui tendit un second message.

– Il y a aussi quelque chose pour vous.

Malko lut le télégramme, et eut l'impression de recevoir un coup de poing dans l'estomac. Ce n'était pas un mot de félicitations. « Votre mission consiste à savoir de façon *certaine* la véracité de la menace Red Dragon. À ce jour, vous n'avez pas avancé. C'est un élément indispensable au Président pour prendre une décision. Pour le reste, nous aurions pu utiliser Al Snyder. Ted Boteler. »

Mortifié, Malko rendit le document à l'Américain.

– Ted Boteler a raison ! reconnut Malko, mais j'ai quand même un peu avancé.

Al Snyder sourit, amer.

– Vous les connaissez. Ils vous demandent de mettre la tête dans la gueule d'un lion, et, après, ils vous reprochent de ne pas l'avoir enfoncée assez…

« Ils vous ont réclamé un truc impossible.

Malko était quand même vexé. Ayant horreur de l'échec. Il releva la tête :

– Il faut que nous retrouvions la trace de Lou Zhao. Pas de nouvelles de Tokyo ?

– Non, hélas.

***

Le Bureau n°7 du Guoanbu, chargé des opérations de sécurité en Chine, avait très mal pris la brève disparition de Al Snyder. Si l'Américain avait pris le mal de monter une manip, c'est qu'il avait une raison impérieuse ; il fallait la connaître.

Deux fonctionnaires avaient sorti la fiche du chef de Station de la CIA qui répertoriait tous les contacts *connus* de l'Américain à Pékin. Des gens qui étaient suivis par le Guoanbu et ne prenaient aucune initiative sans son accord.

L'un des agents sortit la liste qui contenait une vingtaine de noms et l'autre imprima, à partir de l'ordinateur, leurs faits et gestes.

Ce n'est qu'une heure plus tard que le second agent leva la tête :

– J'ai trouvé quelque chose. Le général Xu Gangyu a rédigé un rapport après avoir rencontré Al Snyder, il y a deux jours. Les heures correspondent.

– Que dit le rapport ?

– Rien de marquant. Il parle surtout du chasseur furtif F.20.

Le premier agent allait lui dire de passer à la suite lorsqu'il remarqua qu'à ses rencontres précédentes, l'Américain n'avait *jamais* cherché à dissimuler ses rencontres avec le vieux général. Pourquoi l'avait-il fait cette fois-ci ?

Soigneusement, le premier agent mit dans l'enveloppe le rapport du général Gangyu et le sien, concluant que l'escapade du chef de Station de la CIA correspondait à ce rendez-vous. Il fit porter le tout au bureau de Zhou Yong Kang. Lui seul saurait interpréter les faits.

Il se demanda ce que ce général à la retraite considéré comme absolument sûr, ce héros de la guerre de Corée, pouvait apporter à l'Américain.

CHAPITRE IX

De nouveau, Malko s'était retrouvé chez Al Snyder. Le message de Langley l'avait choqué, tout en étant exact : il n'avait fait aucun progrès et les propositions chinoises, si elles n'étaient pas basées sur une certitude absolue, n'avaient aucune valeur.

Il trouva l'Américain visiblement très excité.

– J'ai reçu la réponse de Tokyo, annonça-t-il. Théo Stevens était en voyage, c'est pour cela qu'ils ont tardé.

Il tendit le télégramme à Malko. Celui-ci était très court : Résidence « Sun City », quartier de Yang Guang Busky, 13ème étage, bâtiment nord.

Malko rendit le papier à l'Américain, soulagé, et dit :

– Maintenant, on va pouvoir travailler.

Al Snyder lui jeta un coup d'œil amusé.

– Encore plus que vous ne l'imaginez.

– Pourquoi ?

– C'est *aussi* à « Sun City » qu'habite Zhong Li, la jeune femme qui nous a invités à son cocktail.

Malko n'en croyait pas ses oreilles.

– C'est formidable ! reconnut-il. Quand a-t-il lieu ?

– Demain. J'ai reçu l'invitation il y a quelques jours, mais je n'étais pas sûr de vouloir y aller.

– La question est réglée, trancha Malko. Si on arrive à approcher Lou Zhao, on a fait un pas de géant.

***

Lou Zhao sortit de son appartement, un peu détendue. Trois jours plus tôt, elle avait enfin pu rencontrer ses parents. Dans un local appartenant au Guoanbu, dont elle ignorait l'adresse. Ils étaient arrivés séparément et on leur avait donné seulement une heure dans une pièce sans ouverture, sûrement « microtée ». Elle avait découvert qu'ils étaient détenus dans une prison secrète du Guoanbu, hors de Pékin et qu'ils étaient bien traités.

Bien entendu, ils ne comprenaient toujours pas ce qui leur arrivait et Lou Zhao ne tenait pas à leur expliquer. Ils s'étaient exprimés par sourires, allusions et embrassades. La Chinoise était quand même sortie de cette réunion un peu ragaillardie : ses parents ne se trouvaient pas dans un camp de travail et elle pouvait envisager une issue heureuse quand tout serait terminé.

Sa routine continuait : celle d'une femme entretenue qui n'avait rien d'autre à faire que d'attendre les visites de son amant. Ce dernier étant en voyage dans le sud-ouest du pays, elle n'aurait rien à faire pendant quelques jours, à part ses visites au Guoanbu où elle rédigeait le compte-rendu fastidieux de sa vie.

Même, si certains jours, il ne se passait absolument rien.

Impitoyable, le Guoanbu aurait presque exigé qu'elle compte ses respirations. Cet étau étouffant la perturbait, mais elle n'avait aucun moyen d'y échapper.

Aujourd'hui, elle avait décidé d'aller au cinéma, où on voyait de meilleurs films que les copies piratées qu'elle achetait.

Elle prit l'ascenseur jusqu'au parking souterrain et se glissa dans sa voiture. Là, elle se sentait un peu plus libre. Elle ne regardait même plus dans le rétroviseur, certaine d'être suivie. Son esprit vagabonda jusqu'à sa vie passée, ses liens avec la CIA. Comme tout cela était loin. Maintenant, elle se mordait les doigts d'être tombée dans le piège de Théo Stevens. Au fond, elle n'avait même pas besoin d'argent…

Elle n'avait pas pu téléphoner à son amie Maïko Nabu : interdit par le Guoanbu. Elle se trouvait comme sur une autre planète, coupée du monde. Bien sûr, elle avait trouvé plusieurs messages sur son portable, demandant de rappeler un certain numéro, mais elle s'était bien gardée de le faire.

À quoi bon ?

Les Américains ne pouvaient rien pour elle qui se trouvait dans les griffes du Guoanbu. Elle seule pouvait s'en sortir, mais elle ignorait encore comment. Et surtout, en dépit des questions pressantes de ses interrogateurs, elle ne savait toujours pas si la confidence de Li Xiao Peng correspondait à une réalité ou n'était qu'un fantasme d'ivrogne.

Agacée par l'insistance de ses interrogateurs, concernant le général, elle avait fini par leur répondre :

– Pourquoi ne lui demandez-vous pas vous-mêmes ?

Ils n'avaient pas répondu et elle avait eu peur de son audace. Moins elle en saurait, moins elle courrait de risque.

Elle avait conduit automatiquement jusqu'au cinéma Megabox. Elle se gara presque en face, sur le trottoir, et gagna le centre commercial qui l'abritait, empruntant l'escalier roulant, à gauche de l'entrée qui menait au sous-sol, où se trouvait le Megabox. Se maudissant. Si elle avait quitté Tokyo à temps, la manip des Chinois n'aurait pas réussi et elle serait en train de refaire une vie aux États-Unis.

***

Les trois personnes déjà présentes se levèrent lorsque le président Hu Jin Tao pénétra dans la pièce. Puis se rassirent immédiatement. On servit du thé, on vérifia que la porte matelassée de cuir était bien fermée avant de passer aux affaires sérieuses.

Ici, on ne craignait pas d'être écouté. C'était le Saint des Saints, le Parti. Cette réunion informelle n'avait pas été programmée officiellement. C'était un ordre du jour court et totalement secret.

Hu Jin Tao se gratta la gorge, essuya ses lunettes et s'adressa à la cantonade :

– Vous m'avez transmis les éléments de ce problème. Nous devons préparer une réponse pour les Américains, tout en sachant qu'il nous manque une assurance essentielle : le degré de crédibilité de ce qui se prépare.

Un des hommes leva légèrement la main.

– Ne serait-il pas plus simple d'arrêter le général Li Xiao Peng et d'apprendre la vérité de sa bouche ?

– Certes, reconnut Hu Jin Tao, mais nous ignorons tout de ce complot, s'il existe, et, notamment de ceux qui y participent. Nous pourrions déclencher une catastrophe.

Il n'osait pas dire que le Parti était divisé et que lui-même ne se sentait pas capable de faire le ménage. Après tout, il n'était qu'un apparatchik en sursis. Ce n'est pas lui qui décidait la politique de la Chine, il la mettait simplement en musique.

Son voisin de droite, Cai Dazen l'ami de la Corée du Nord, prit la parole à son tour.

– Je pense qu'il faut frapper très fort, pour nous garder une marge de négociation par la suite et pour que les Américains ne disent pas tout de suite « oui ». Ainsi, nous avons un peu plus de temps pour résoudre notre problème.

– Qu'appelez-vous « frapper fort » ? demanda Hu Jin Tao, qui n'aimait pas les Coréens.

– Exiger des Américains qu'ils n'exigent plus la cessation du programme nucléaire coréen.

Un ange, des bombes atomiques suspendues sous ses ailes blanches, se mit à voleter au-dessus de la table ronde. Les Américains considéraient la « prolifération nucléaire » comme leur problème numéro un. En particulier celle de la Corée du Nord, incontrôlable. Avec ses dirigeants, il était impossible de parler d'une façon pragmatique. Comme les Américains ignoraient le mécanisme interne du pouvoir, ils s'affolaient facilement.

– Ils ne voudront jamais ! s'exclama le chef des Opérations Stratégiques.

Un autre assistant enchaîna :

– Nous pouvons, en même temps, nous engager à veiller à ce qu'il ne se passe rien. La Corée ne peut pas vivre sans nous.

Hu Jin Tao laissa tomber :

– Oui, mais ils peuvent mourir sans nous. Ils sont imprévisibles. Nous ferions mieux de réclamer aux États-Unis de nous laisser tranquilles avec le cours du yuan.

– Ce n'est pas assez fort et difficile à quantifier. Il vaut mieux essayer l'option coréenne.

Hu Jin Tao n'insista pas. Celui qui parlait avait consulté la poignée de membres du Parti chargés de gérer leur problème. Donc, c'était un ukase.

– Très bien, conclut-il. Attendons que notre agent ait un nouveau contact et tenons-nous à cette ligne.

***

C'était un « *crash-meeting* [1] » convoqué par Léon Panetta, directeur central du Renseignement. Il avait obtenu une demi-heure de John Mulligan, le Special Advisor for Security de la Maison Blanche et cette réunion se tenait dans son bureau.

Le troisième assistant s'appelait Howard Jameson III et était, à la NSA [2], le responsable de la surveillance de la Chine.

Léon Panetta ouvrit le meeting.

– Sir, dit-il à John Mulligan, j'ai pris la liberté de vous tenir au courant de certains développements du problème « Red Dragon ».

« La NSA a intercepté un certain nombre de communications intéressantes et j'ai également des photos du déploiement chinois sur la côte chinoise en face de Taïwan.

1. Réunion improvisée.
2. National Security Agency. Spécialiste de l'espionnage par satellite.

– Je les ai aussi, laissa tomber John Mulligan, elles ne nous apprennent rien de nouveau.

Louis Panetta dissimula sa déception et continua :

– Nos amis de la NSA ont appris par des interceptions que le général Li Xiao Peng se trouve en ce moment dans la région du Fuzhou où sont massées les troupes chinoises susceptibles d'envahir Taïwan.

– Qu'est-ce qu'il y fait ?

– Il est en tournée d'inspection, en tant qu'Inspecteur général de l'armée de l'air.

– Rien que de très normal...

– Ce qui l'est moins, répliqua Léon Panetta, piqué au vif, c'est qu'il va visiter la base de sous-marins de Sanya qui se trouve à près de mille kilomètres au sud. Justement, celle des submersibles « Classe Kilo », susceptible d'organiser un barrage contre une aide éventuelle à Taïwan.

Devant l'incrédulité visible de John Mulligan, Léon Panetta prit des mains du représentant de la NSA une liasse de documents et les tendit au Special Advisor for Security. Celui-ci parcourut les transcriptions puis releva un visage grave.

– C'est évidemment un élément nouveau. Pas une preuve, mais un indice sérieux.

Lui-même semblait perturbé par cette découverte. Il alluma une cigarette, bien qu'il soit interdit de fumer à la Maison Blanche, et interpella Léon Panetta.

– Avez-vous des nouvelles de Malko Lingc ?

– Il attend un nouveau contact pour transmettre la réponse du président : à eux de jouer.

– Bien. Tenez-moi informé en temps réel. Pour l'instant, je n'ai pas de quoi aborder cette question avec le Président.

***

La voix de Ling Sima était moins chaude que d'habitude, mais Malko était trop content d'avoir des nouvelles pour s'en formaliser.

– As-tu des choses à me dire ? demanda la jeune femme.

– Absolument.

– Bien, veux-tu me retrouver à midi, à la Colline du Charbon ?

– Où est-ce ?

– Dans le parc Zhong Shan, au nord de la Cité interdite. C'est un petit parc très agréable. Je t'attendrai à côté de l'entrée donnant sur la rue Jingshangquian.

***

Effectivement, la colline du charbon était très bucolique. Des allées pleines de promeneurs, des marchands de glace, des gosses qui jouaient avec des cerfs-volants et, au fond, un petit lac avec une sorte de pagode au milieu, au toit beige, semé de tuiles rouges. En dépit du froid des gens faisaient du canot.

Ling Sima regardait des enfants jouer, appuyée à un banc. Enveloppée d'un manteau beige, avec des bottes et un bonnet de fourrure, à cause du vent glacial.

Lorsqu'elle aperçut Malko, elle vint vers lui, mais n'eut aucun geste tendre ou familier.

– Tu veux une glace ? demanda-t-elle.

Malko déclina poliment : il n'aimait pas les glaces et en pensant à la cavale déchaînée de leur dernier rendez-vous, il était déçu.

– Viens, dit-elle, on va se promener.

– Pourquoi avoir choisi cet endroit ? demanda Malko. On gèle.

Ling Sima lui répondit d'un large sourire.

– Ici, personne ne peut nous écouter. Et puis, ce parc est très joli. Il y a deux siècles, c'est là qu'on amassait le charbon pour chauffer les 1 999 pièces de la Cité Impériale. C'est pour cela qu'il porte ce nom.

Ils firent encore quelques pas sans rien dire et c'est Malko qui rompit le silence :

– J'ai reçu il y a deux jours une réponse de Washington.

– C'est un point positif, approuva Ling Sima. Que disent-ils ?

– Ils vous proposent de faire, vous, une offre.

– C'est un peu court, remarqua la jeune femme, visiblement déçue.

– Le dialogue est engagé remarqua Malko. C'est le début.

– Bien, je vais transmettre ton « offre ».

Ils firent quelques pas à l'intérieur du parc, puis Ling Sima fit demi-tour et ils regagnèrent la grande avenue. Comme s'ils se connaissaient à peine, Ling Sima tendit la main à Malko.

– Tu auras bientôt de mes nouvelles.

Il la regarda s'éloigner vers l'est, longeant le mur rouge de la Cité Interdite. Sans se retourner.

Les dés étaient jetés.

CHAPITRE X

– La balle est dans leur camp, conclut avec philosophie Al Snyder. Ils vont sûrement préciser vite ce qu'ils veulent. Espérons qu'ils seront raisonnables.

N'étant pas directement impliqué, le chef de Station de la CIA ne s'appesantissait pas. Malko lui fit quand même remarquer :

– Il ne faudrait pas payer pour rien.

– Que voulez-vous dire ?

– Nous ignorons toujours la réalité de la menace. C'est un peu, comme au poker, un joueur qui ramasse la mise parce que personne n'a voulu voir son jeu. Alors qu'il n'a rien. C'est pour éviter cela que je suis à Pékin. Or, je n'ai encore rien trouvé.

– Vous y arriverez, assura l'Américain. Bon, maintenant, on va aller à notre cocktail.

Malko avait hâte de se trouver dans la résidence abritant l'appartement de Lou Zhao. Même s'il ne voyait aucun moyen sûr de la contacter.

Le trajet fut assez long. Puis, la limousine conduite

par un « case-officer » s'arrêta devant une grille coulissant sur des rails.

À gauche se trouvait un poste de garde vitré surmonté de deux caméras et l'entrée du parking souterrain de la résidence « Sun City ».

– Voilà « Sun City » annonça Al Snyder. Ici, nous sommes dans la rue Chungxiu. Devant nous ce sont les entrées des parkings, un en surface, l'autre souterrain qui sert aux trois immeubles. Celui de gauche, et les deux à droite, séparés par une piscine souterraine.

– Où habite Zhong Li ? demanda Malko.

– Dans le premier immeuble, à droite.

Le vigile s'avança, et après avoir vérifié qu'ils étaient bien attendus, fit coulisser la grille en leur recommandant de se garer sur le parking en surface.

Les trois immeubles de vingt-quatre étages avec d'étranges fenêtres bleues les écrasaient. Le hall de celui où demeurait Zhong Li était somptueux, marbre et bois précieux.

Un portier vérifia de nouveau qu'ils étaient attendus, puis leur désigna l'ascenseur à gauche.

Al Snyder appuya sur le bouton du 22ème étage.

L'unique porte de bois sombre était grande ouverte et il en sortait un brouhaha animé. À peine eurent-ils pénétré dans un grand living meublé à la Californienne que leur hôtesse se précipita vers eux.

Malko s'attendait à lui voir une robe chinoise, mais elle portait un tailleur Chanel, à la jupe plutôt courte, sur des bas ou des collants noirs. Le bas stay-up n'était pas encore courant en Chine.

Son regard se posa d'abord sur Malko qui se pencha sur sa main et la baisa.

Zhong Li en rougit de plaisir et le chemisier en épaisse soie vert jade se gonfla imperceptiblement. Avant d'acheter son appartement, elle avait dû s'acheter une poitrine toute neuve. Les ongles faits, le maquillage audacieux, elle faisait très sexy, avec un regard assuré que soutint Malko. Elle tint absolument à les accompagner jusqu'à une grande table-buffet où il y avait tous les alcools, depuis une vasque en métal argenté contenant plusieurs bouteilles de Taittinger Comtes de Champagne Blanc de Blancs millésimés jusqu'à des flacons en céramique blanche d'alcool de riz. Malko se jeta sur une vodka russe, tandis que l'Américain se versait une rasade de scotch à assommer un mammouth.

Lorsque leur hôtesse se fut éloignée pour accueillir d'autres invités, Al Snyder souffla :

– C'est rare de trouver de l'alcool chez les gens. Ici, c'est le grand luxe.

Malko regarda la foule qui les entourait, quelques expats bruyants qui restaient entre eux et des Chinois, autant d'hommes que de femmes. Eux étaient plutôt calmes, mais buvaient sec.

L'appartement était typique « new China ». Murs clairs, parquets de bois sombres, marbres vaguement asiatiques. De profonds canapés de cuir marron surmontés d'un grand tableau représentant des caractères chinois. Sur une tablette voisine, deux bouteilles géantes, l'une de whisky, l'autre de cognac, basculant sur un berceau, ce qui permettait de se servir directement. Encore un détail typiquement chinois. Et, contre un mur, un très grand écran plat de télévision.

Al Snyder rencontra des gens qui le connaissaient et resta avec eux. Resté seul, Malko se servit une seconde vodka et se demanda comment il allait arriver jusqu'à Lou Zhao.

Les femmes étaient plutôt ternes et habillées trop sagement. Finalement, la maîtresse de maison était la plus élégante et la plus sexy.

Comme si elle avait « senti » que le cerveau de Malko se focalisait sur elle, Zhong Li surgit soudain de la foule et le rejoignit.

– Comment trouvez-vous mon appartement ? demanda-t-elle.

– Magnifique ! assura Malko.

– Venez, je vais vous le faire visiter !

Elle le prit par le bras et l'entraîna dans un long couloir dont le papier représentait d'immenses feuilles de bananier. Comme au Beverly Hill hôtel, en Californie.

Une à une, la maîtresse de maison ouvrait chaque porte. Les pièces étaient dans un ordre impeccable, un véritable appartement témoin. Dans chaque pièce, un écran plat. Ils arrivaient au bout du couloir. Elle ouvrit une porte plus large que les autres.

– Ma chambre.

On ne voyait que le lit, bas et carré avec l'inévitable écran plat en face, de la moquette rose cuisse de nymphe, des placards en bois sombre.

Une chambre hollywoodienne.

Malko allait sortir lorsque la jeune femme lui désigna une large baie vitrée donnant sur un immeuble séparé du sien d'une centaine de mètres. De petites pyramides bleues barraient la vue entre les deux buildings.

– Là-bas, expliqua Zhong Li, c'est le bâtiment Nord. Entre les deux, la piscine souterraine. La vue est magnifique et on a du soleil tout le temps, sauf quand il ya du vent de sable et du brouillard. C'est pour cela que la résidence s'appelle « Sun City ».

Malko s'approcha de la baie vitrée et regarda le bâtiment. C'était là que vivait Lou Zhao. Sûrement sous la garde du Guoanbu.

– La vue est belle, non? fit la Chinoise se rapprochant de lui.

– C'est vraiment magnifique! renchérit Malko. Beaucoup de gens habitent dans cette résidence?

Zhong Li calcula rapidement :

– Vingt-quatre étages par bâtiment, deux appartements par étage : environ quatre cents personnes.

– Je crois que j'ai une amie qui demeure dans cette résidence, dans le bâtiment Nord, fit Malko. Une certaine Lou Zhao. Vous la connaissez?

La jeune femme secoua la tête.

– Non, elle est à quel étage, dans cette aile?

– Je ne sais pas, mentit-il.

– Si vous demandez à un des gardiens, il va vous le dire.

La dernière chose à faire.

Il réalisa qu'ils étaient restés très longtemps, et probablement, elle aussi. Lorsqu'il lui proposa d'aller s'occuper des ses invités, Zhong Li accepta aussitôt.

Il y avait un peu moins de monde dans l'immense living-room.

Malko retrouva Al Snyder scotché au bar.

– Où étiez-vous passé ? demanda l'Américain.

– Zhong Li me faisait visiter son appartement.

L'Américain lui adressa un clin d'œil égrillard.

– Ne perdez pas votre temps : les Chinoises ne couchent pas, sauf la bague au doigt.

– Je n'ai pas l'intention de la séduire, assura Malko, mais elle peut me servir à revenir dans la résidence, sans alerter le Guoanbu.

– Cela ne va pas être facile, remarqua Al Snyder. Les vigiles travaillent sûrement pour le Guoanbu.

– Évidemment, approuva Malko.

Il se resservit une nouvelle vodka afin de fêter cette petite victoire mais le plus dur restait à faire : contacter Lou Zhao, si elle habitait toujours là. Au nez et à la barbe du Guoanbu.

***

Il n'y avait presque plus d'invités et Al Snyder commençait à avoir la voix légèrement pâteuse. Malko repéra Zhong Li en train d'échanger des numéros de téléphone avec des amis chinois et attendit qu'ils se soient éclipsés pour s'approcher de la jeune femme.

– Nous allons nous sauver, annonça-t-il. Je voulais vous remercier. Si vous avez un peu de temps, j'aimerais vous inviter à déjeuner. Vous pourrez me montrer Pékin : il y a tant de choses à voir.

La jeune femme ne sembla pas choquée de cette avance déguisée.

– C'est une très bonne idée. Je vais vous donner ma carte.

Il la suivit jusqu'à un guéridon où se trouvait le sac Hermès en crocodile bleu qui devait valoir un siècle de salaire d'un coolie… La maîtresse de maison en tira une carte et un stylo Mont-Blanc, griffonnant rapidement sur la carte, puis la tendit à Malko.

– C'est mon portable. Le mercredi, je n'ai pas trop de travail. Si vous voulez que je vous emmène dans la Cité Interdite… Nous pourrons déjeuner avant…

Malko empocha la carte, ravi, et lui baisa la main de nouveau. Le sourire épanoui de Zhong Li montra qu'elle appréciait ce geste galant, inconnu en Chine.

Lorsqu'il se retrouva dans l'ascenseur avec Al

Snyder, il posa vivement sa main sur la bouche de l'Américain lorsque celui-ci ouvrit la bouche : il y avait peut-être des micros.

Ce n'est qu'une fois dans la voiture qu'il expliqua.

– Si le Guoanbu apprend que nous connaissons l'adresse de Lou Zhao, au cas où elle serait encore en liberté, ils vont l'escamoter.

– Vous avez raison, reconnut l'Américain. Je ne reviens pas de cette coïncidence. Pourvu que vous puissiez l'exploiter.

Ce soir-là, pour la première fois depuis son arrivée à Pékin, Malko s'endormit, le cœur en paix.

Il avait devant lui des obstacles presque impossibles à surmonter mais, au moins, une piste à suivre.

On était lundi : il avait hâte d'être à mercredi. Jamais, il n'avait eu autant envie de séduire une femme.

CHAPITRE XI

Lou Zhao avait été commander un canard laqué au restaurant Huehai, peu connu des touristes, mais réputé pour sa cuisine qui pouvait rivaliser avec celle du Da Dong. Une requête de son amant, Li Xiao Peng, qui revenait ce soir à Pékin d'une tournée d'inspection.

Nouveauté : il lui avait annoncé qu'il passerait la nuit chez elle, ayant prévenu sa famille qu'il ne rentrerait que le lendemain.

Auparavant, il ne voyait Lou que pour des intermèdes sexuels. Puis, il avait commencé à vouloir dîner avec elle – toujours dans son appartement, bien sûr – et se montrait de plus en plus amoureux. Lou Zhao se demandait où cela la mènerait.

Pour Li Xiao Peng, il était très difficile de divorcer. Sa femme était aussi une « princesse rouge », membre d'une famille puissante qui pouvait lui causer de gros problèmes. De toute façon, Lou Zhao se laissait vivre, accaparée par d'autres soucis. D'abord ses parents. Et puis, l'emprise du Guoanbu qui ne se relâchait pas.

Elle disposa la table, prépara des bougies, une décoration de dragons en papier et une bouteille de cognac, péché mignon de son amant.

Ses rapports au Guoanbu étaient toujours aussi vides parce que Li Xiao Peng ne lui avait jamais reparlé de « *Red Dragon* ». La seule fois où elle avait osé le questionner, il l'avait brutalement rembarrée. Depuis, elle se tenait coite. Bien sûr elle aurait aimé se débarrasser du Guoanbu en lui apportant des informations, mais elle ne pouvait pas les inventer.

Elle resta un long moment devant la baie vitrée puis passa dans sa chambre où elle avait préparé une robe chinoise noire aux broderies d'or qu'elle avait achetée quelques jours plus tôt.

Elle était sûre que son amant allait lui demander de ne pas la retirer pour lui faire l'amour.

L'austère général s'émancipait.

***

Le Challenger 100 venait de décoller de la piste militaire de Lang tian, juste après le déjeuner, et le général Li Xiao Peng somnolait sur son siège-couchette. Cette inspection avait vraiment été une partie de plaisir. Il avait retrouvé des copains de promotion, bien mangé et bien bu et, maintenant, s'apprêtait à une sieste réparatrice. Dès qu'il se serait posé sur l'aéroport militaire de Pékin, il filerait rejoindre sa maîtresse. Bien entendu, son chauffeur, originaire du même village que lui, était dans la confidence.

Il sentait ses paupières s'alourdir lorsqu'il vit une silhouette debout devant lui.

Quintang Fu, son ordonnance, son porte-serviette. Simple capitaine, mais le général veillerait à ce qu'il ait un avancement rapide. Il se pencha sur son chef et demanda :

– Général, puis-je vous dire un mot ?

– Maintenant ?

– S'il vous plaît. C'est important.

Avec un soupir, le général se redressa et lança :

– De quoi s'agit-il ?

– Durant votre séjour, nous avons effectué un vol d'essai afin de vérifier certains dispositifs après une réparation mineure. Durant ce vol où nous avons un peu poussé l'appareil, l'équipage et les mécaniciens embarqués ont été alertés par des sifflements stridents.

« Ils ont d'abord cru à un dysfonctionnement et ont continué les tests. C'est un spécialiste en électronique qui a trouvé la cause de ces anomalies.

Désormais, le général Li Xiao Peng était complètement réveillé.

– De quoi s'agit-il ? jappa-t-il.

Le capitaine Fu baissa la voix.

– Général, il semble que l'on ait installé un système d'écoute dans votre avion.

– D'écoute, mais comment peut-il se faire ?

L'appareil ne quittait jamais l'aéroport militaire, était entretenu par des mécaniciens de l'armée de l'air et surveillé étroitement par le Qingbao Bu, les Services de l'APL [1].

– Nous l'ignorons encore, avoua le capitaine Fu, nous n'avions pas le temps de nous livrer à un examen approfondi, mais ce technicien est formel : il s'agit bien d'un système d'écoute sophistiqué.

Le général Li Xiao Peng demeura muet, tassé sur lui-même. Glacé jusqu'aux os.

Un seul organisme pouvait avoir posé ce dispositif d'écoutes dans une zone militaire, interdite aux civils : le Guoanbu.

Il était certain de ses gens, étant aimé et traitant bien ses collaborateurs. En plus le chef du Qingbao Bu de l'armée de l'air était un de ses amis.

Il prit une profonde inspiration, tentant de garder son calme et répondit :

– Merci de m'avoir prévenu. Dès notre arrivée, tu vas faire effectuer une inspection complète de cet avion. Sous le sceau du secret, bien entendu. On ne devra rendre compte qu'à moi. Et, personne, absolument personne, y compris le commissaire politique de la base, ne doit être au courant.

– Bien, mon général, confirma le capitaine Fu.

Il regagna sa place, plus à l'arrière de l'avion. Le général essaya de replonger dans sa sieste, mais le cœur n'y était plus.

1. Armée Populaire de Libération.

Ces écoutes ne faisaient aucun doute : on ne l'aurait pas alerté pour un simple soupçon. Pas plus que les auteurs de cette manip. Forcément le Guoanbu. Eux seuls, grâce à la présence du commissaire politique de la base, avaient eu la possibilité d'y introduire des techniciens. Ils avaient dû travailler de nuit. Une fois qu'on était dans le hangar abritant le Challenger 100, c'était relativement facile de faire ce qu'on voulait.

Il se força à fermer les yeux et évoqua le corps de Lou dont il allait se servir dans quelques heures. Hélas, cela ne suffit pas à lui refaire retrouver la paix de l'esprit.

Ce n'était jamais bon quand le Guoanbu s'intéressait à quelqu'un. Surtout, pour qu'ils aient osé s'attaquer à une personne aussi haut placée et protégée que lui, il fallait un motif sérieux. Le fait que tout cela lui ait été dissimulé montrait qu'on ne lui faisait plus confiance. C'est ce qu'il y avait de plus grave.

C'est ainsi que commençaient les disgrâces. Il avait beau se creuser la tête, il ne voyait pas la raison de cette action dirigée contre lui.

Et soudain, il repensa à une soirée mémorable, quinze jours plus tôt, chez sa maîtresse. Et aussi, à des questions bizarres qu'elle lui avait posées par la suite. D'un coup, tout s'éclaira. Ce qui ne réchauffa pas son cœur.

Non seulement, le Guoanbu le soupçonnait, mais ils avaient probablement « retourné » sa maîtresse.

C'est peut-être ce qui lui faisait le plus mal.

***

Le garde devant la Porte de la Paix Céleste, casquette, tenue verte, gants blancs et revolver au côté, fit signe à Malko que cette porte de la Cité Interdite était condamnée au public.

Souriant, mais ferme.

Malko s'arrêta devant le mur rouge surmonté d'une inscription en chinois.

Pourquoi Ling Sima lui avait-elle donné rendez-vous là, par un simple SMS, en réponse à son appel ?

Il fit quelques pas et, soudain, aperçut la jeune femme dans l'encoignure de cette porte relativement modeste. Elle s'avança aussitôt vers lui.

– Viens, fit-elle simplement.

Ils passèrent devant le policier qui fit comme s'ils étaient invisibles et pénétrèrent dans la cité interdite. Il y faisait encore plus froid que dehors. Malko suivit la Chinoise le long d'un long couloir. Celui-ci débouchait sur une porte encadrée par quatre lions en bronze doré. Ils la franchirent et Ling Sima se tourna en souriant devant Malko :

– Nous venons de franchir la Porte de l'Harmonie Céleste. Ici, ce sont les trésors des différents empereurs. Cette partie est interdite au public, sauf dans certaines circonstances exceptionnelles.

Elle avisa un banc tendu de velours rouge, face à des vitrines de bijoux anciens et s'assit.

Resté debout, Malko demanda :

– Pourquoi m'avoir amené ici ?

– Parce qu'ici, personne n'oserait poser de micros. Je voulais que cette rencontre se déroule tranquillement.

Malko, furieux, eut du mal à se contenir.

– Tu attends que les États-Unis aient cédé à la Chine pour refaire l'amour avec moi ? persifla-t-il.

Ling Sima secoua la tête.

– Ne sois pas stupide. Je dois, avant tout, accomplir une mission. Cela ne change rien à ce que j'éprouve pour toi.

Malko ravala sa rage.

– Bien, dit-il, tu as la réponse du gouvernement chinois ?

– Du Parti, corrigea-t-elle, pas du gouvernement, c'est beaucoup plus important.

Elle était habillée comme lors de leur première rencontre : blouson de cuir noir, pantalon assorti peint sur elle et bottes à hauts talons.

Ling Sima plongea la main dans son blouson et en sortit une longue enveloppe qu'elle tendit à Malko.

Une enveloppe cachetée de cire rouge.

Il la prit, elle était très épaisse.

– Voilà la réponse, dit Ling Sima.

Malko s'apprêtait à ouvrir l'enveloppe lorsqu'elle l'arrêta.

– Inutile, le texte est en chinois.

Il la regarda, stupéfait.

– Pourquoi ?

– Pour être certain qu'il n'y aura pas de malentendus. Tes amis américains la traduiront parfaitement.

– Que dit ce texte ?

Elle secoua la tête.

– Je n'en sais rien. Je suis d'un grade trop subalterne pour être au courant de ces secrets d'État. Voilà, nous attendons la réponse.

Elle était déjà debout, face à lui, à quelques centimètres. Malko regarda l'enfilade de pièces vides.

– Personne ne vient jamais ici ?

– Non, c'est interdit au public. Pourquoi ?

Il s'avança vers elle, voulut l'enlacer. Ling Sima recula et demanda d'une voix ironique :

– Tu veux me violer ? Tu sais, il y a beaucoup de fantômes ici. D'ailleurs, il n'y a pas que des fantômes. Regarde !

Malko suivit la direction de son regard. À trois salles de là, il aperçut une silhouette qui les observait. Elle disparut aussitôt et il put penser avoir eu une hallucination.

La Chinoise se dirigeait déjà vers la sortie. Arrivée dehors, Ling Sima se tourna vers Malko.

– On se quitte là. Appelle-moi, quand tu auras la réponse.

***

Al Snyder soupesait l'enveloppe pensivement.

– Elle est lourde.

En effet, c'était de l'épais parchemin. L'Américain la posa sur le bureau.

– Je vais demander des instructions à Washington. En attendant, je la mets au coffre.

Lui non plus n'osait pas l'ouvrir.

– Faites-en ce que vous voulez, dit Malko. J'ai fait mon job. Maintenant, c'est à eux de jouer.

CHAPITRE XII

On était mercredi matin. Malko attendait ce moment depuis deux jours, l'échange de lettres n'étant qu'une partie de sa mission. Pas la plus importante.

Il utilisa la ligne de l'hôtel pour appeler Zhong Li. Pas sur son portable, mais sur son numéro fixe, obtenant une secrétaire qui lui répondit en chinois.

– Je voudrais parler à Mrs Zhong Li. De la part de Malko.

– *One moment*.

Quelques instants plus tard, la voix fraîche et joyeuse de Zhong Li résonnait dans l'écouteur.

– Malko ! C'est gentil de me téléphoner.

Son anglais était parfait.

– Je tenais à vous revoir. Vous êtes toujours libre pour déjeuner ?

La Chinoise ne marqua aucune hésitation.

– Oui, bien sûr.

– Où voulez-vous aller ? Hélas, je ne connais pas bien Pékin. Le Da Dong ?

– Oh non, il y a trop de monde ! répondit Zhong Li. Je connais un endroit où on mange aussi bien, seulement, vous ne pourrez pas trouver. Je vais passer vous prendre au Kempinski. Midi et demi, parce que c'est assez loin.

***

Le coupé BMW de Zhong Li sentait encore le neuf. La jeune femme conduisait avec soin et précision, vêtue d'un tailleur bleu très sage et d'un épais chemisier crème. Peu maquillée.

Ils roulèrent plus d'une demi-heure, débouchant sur un endroit étrange : un vaste terrain vague n'abritant en son milieu qu'un bâtiment à l'ancienne, un carré autour d'une cour.

– La municipalité a détruit tout le quartier pour construire des buildings, expliqua la Chinoise, mais le restaurant a résisté parce que les patrons avaient des relations.

Ils se garèrent entre une Porsche Cayenne et une Mercedes. Ce n'était pas une soupe populaire…

La salle était presque vide et on les installa dans un box tranquille. Zhong Li commanda. D'abord des dim-sung et, bien entendu, un canard laqué. Lorsque les deux serveurs déposèrent sur la table le plat débordant de morceaux de peau caramélisée, Malko se dit qu'ils n'arriveraient pas à tout manger.

– Il faut commander au minimum un canard, ici,

expliqua Zhong Li. Celui-ci est pour quatre. J'espère que ce n'est pas trop.

Ils en vinrent facilement à bout. Ils terminèrent par la soupe de canard, selon la tradition chinoise.

Ils n'avaient pas eu le temps de beaucoup parler, trop occupés à manger. À eux deux, ils avaient bien avalé un litre de thé au jasmin. Ici, on ne servait pas d'alcool, sauf l'alcool de riz dans les pichets blancs.

Zhong Li regarda sa montre et remarqua :

– Il est tôt. Vous avez encore un peu de temps ?

– J'ai toute la journée, assura Malko. Pourquoi ?

– Je dois aller voir le terrain que j'ai acheté à Flagrant Hills, pour me construire une maison. Tout le monde s'installe là-bas. Beaucoup de dirigeants et de milliardaires. Mao Tsé Tung y vivait.

– Je vous accompagnerai avec plaisir, assura Malko.

– C'est loin, prévint-elle. Après le cinquième périphérique.

– Cela me fera visiter Pékin.

Ils mirent presque une heure pour rejoindre le cinquième périphérique où la circulation était plus fluide, Zhong Li le prit en direction de l'ouest, puis, après que la voie rapide eut bifurqué vers le sud, elle s'engagea dans une rampe débouchant à l'extérieur de Pékin, indiquant « Botanic Garden ».

Changement total de décor ! Des collines encore verdoyantes, un tissu urbain fait de villas et de petits bois. Enfin, ils passèrent devant le *Flagrant Hill Jinyuan Hôtel*.

– On est presque arrivés ! annonça Zhong Li.

Un kilomètre plus loin, ils débouchèrent dans une sorte de parc coupé par une multitude d'allées.

– C'est le parc Xiangsan, annonça la Chinoise.

Dix minutes plus tard Malko aperçut un écriteau en chinois et en anglais à l'entrée de ce qui semblait être un lotissement « *Flagrant Hill Resort. Land to let* »[1].

Ils serpentèrent sur des allées bien entretenues bordées de maisons cossues, protégées de hauts murs. Devant certaines, un vigile faisait le guet.

– Il y a beaucoup de gens très connus ici, des militaires aussi, précisa Zhong Li.

Ils arrivèrent en bordure d'un terrain arboré d'un hectare environ et elle annonça fièrement :

– C'est ici que je vais construire la villa de la « Double Honnêteté ». C'était aussi le nom de la résidence du Président Mao Tsé Tung.

– Pourquoi double ? demanda Malko.

Elle rit.

– C'est une expression chinoise.

On se trouvait à mi-colline avec une très belle vue.

– Là-bas, au nord, il y a le Jardin Botanique, annonça la Chinoise. Vous voulez voir les plans de la maison ?

– Avec plaisir.

Ils repartirent en cahotant sur le terrain inégal jusqu'à une cabane de chantier, genre Algeco.

1. Flagrant Hill Parc. Terrains à vendre.

Zhong Li descendit et prit une clef dans une vasque devant la porte. Malko la suivit à l'intérieur.

Il y avait même de la lumière, une ampoule nue pendait du plafond.

Zhong Li emmena Malko jusqu'à une grande table de bois couverte de rouleaux de plans. Elle en déroula un et l'étala. C'était une vue en perspective d'une très belle maison avec un immense patio, une piscine, une terrasse, des colonnades majestueuses.

– C'est très beau ! approuva Malko.

– C'est moi qui l'ai conçue ! se rengorgea Zhong Li. Les travaux commencent dans trois mois.

Elle était visiblement fière de son œuvre. Levant la tête, elle dévisagea Malko avec insistance. Une avance muette. Il faillit craquer, puis se dit qu'il était en terrain miné. S'il la brusquait c'était fichu. Donc, personne ne l'aiderait à contacter Lou Zhao.

Spontanément, il prit sa main droite et la baisa.

Zhong Li ne retira pas sa main, visiblement pétrie de bonheur.

– Vous les Européens, vous êtes très galants, remarqua-t-elle. Les Chinois sont des rustres. Ils ne pensent qu'à leur argent, et à leur voiture.

– Ils sont excusables, remarqua Malko, ils viennent de très loin.

– Qu'est-ce que vous avez comme voiture ?

Malko sourit, tenant toujours la main de la jeune femme :

– Une vieille Rolls-Royce et une Jaguar. Mais, comme je vis dans un château en Haute-Autriche, j'ai besoin de me déplacer beaucoup, pour aller à Vienne.

Zhong Li le fixait, béate. Les mots « château », « Rolls-Royce », « Vienne », semblaient la frapper comme des coups. Du coup, elle ne pensait plus à retirer sa main.

– Quelle vie, vous avez ! soupira-t-elle.

– Je vous invite quand vous voudrez dans mon château, assura Malko. Il est un peu décrépi, mais c'est très agréable.

Il crut que la Chinoise allait se trouver mal.

– Oh, j'aimerais tellement, lâcha-t-elle, mais…

– Mais quoi ?

– Nous nous connaissons à peine.

– Il faut faire connaissance, dit Malko.

C'était le moment de plonger. Tenant toujours la main de Zhong Li, il l'attira contre lui avec délicatesse, l'autre main glissée autour de sa taille.

Zhong Li marqua une imperceptible résistance, puis se laissa aller et il sentit son corps contre le sien. Elle semblait un peu dépassée par la situation.

– Qu'est-ce que vous faites ? demanda-t-elle, chavirée, le visage levé vers lui.

– Je fais connaissance, dit Malko, en posant sa bouche contre la sienne.

La Chinoise se raidit quelques secondes, puis comme une fleur qui s'ouvre, elle écarta doucement les lèvres. Juste assez pour laisser passer la langue de Malko. Qui partit à la recherche de la sienne. Là encore, la jeune femme demeura inerte quelques instants puis, s'éveilla brusquement, se mettant à embrasser Malko violemment, maladroitement, son corps collé au sien.

Un baiser de collégien.

Pendant quelques minutes, ils demeurèrent enlacés, avec un baiser qui semblait ne jamais devoir finir, puis Zhong Li s'écarta, essoufflée, et murmura :

– Je suis folle, je ne vous connais pas ! Qu'est-ce que diraient les gens ?

– Ici, personne ne peut nous voir, remarqua Malko.

Une ombre passa sur le visage de la Chinoise et elle se recula un peu.

– Qu'est-ce que vous voulez dire ?

Elle craignait visiblement qu'il la bascule sur la table encombrée de plans. Malko se contenta de sourire et de regarder sa montre.

– Qu'il est temps de partir ! J'ai un rendez-vous à cinq heures au Kempinski.

La Chinoise se détendit d'un coup et lui jeta un regard reconnaissant.

– Pardon, je n'avais pas vu passer l'heure…

Elle enroula les plans et Malko la précéda à l'extérieur. Lorsqu'ils regagnèrent la voiture, la jeune femme dit soudain :

– Je ne comprends pas. Je me sens toute bizarre…

Malko la prit par le bras. Ce n'est qu'une fois installée dans la BMW qu'elle se tourna vers lui et dit avec un sourire contraint :

– C'est la première fois que j'embrasse un homme de cette façon ! Dans un endroit isolé. Vous auriez pu me violer…

– Vous violer ! Pourquoi ?

– Les hommes sont très brutaux quand ils veulent une femme.

Malko l'aurait embrassée. Chastement. Ils avaient basculé dans ce qu'il voulait.

– J'espère que je n'aurai pas à vous violer, dit-il d'un ton léger.

Zhong Li répondit à côté :

– Nous les Chinois, sommes très pudiques. D'abord à cause de toutes les années de communisme où il était interdit de parler de sexe. Et puis, c'est une tradition : on garde les effusions pour l'intimité. Les jeunes gens amoureux ne se tiennent même pas par la main dans la rue. C'est très mal vu. Alors, ils vont dans le cinéma souterrain de Tiyu chang Road, le Megabox, parce que les accoudoirs des fauteuils se relèvent.

« C'est plus facile pour se rapprocher.

Elle avait démarré et descendit vers le cinquième périphérique. Ils ne dirent pas grand-chose jusqu'au Kempinski. Malko se tourna alors vers la Chinoise.

– J'aimerais beaucoup vous revoir.

– Moi aussi, répondit-elle aussitôt.

Il lui tendit sa carte chinoise.

– Voilà mon portable. Appelez-moi vite. Comme j'ignore vos obligations, c'est mieux ainsi.

Ils se regardèrent longuement, sans se toucher, puis il sortit de la voiture qui ne démarra pas immédiatement comme si Zhong Li réfléchissait.

Il était au milieu du hall du Kempinski lorsque sa messagerie couina. Un SMS.

« Je vous attends à l'ambassade. Al. »

Satisfait, il estima qu'il avait fait un sans faute. Désormais il avait une petite chance d'en savoir plus sur Lou Zhao.

***

Al Snyder tendit à Malko un message qu'il venait de recevoir de Langley.

– Vous allez voyager ! lança-t-il, mi-figue, mi-raisin.

Le télégramme était très court :

« J'attends Malko avec ce qu'on lui a remis. Ted Boteler. »

Malko n'était qu'à moitié étonné. Le gouvernement américain tenait à la confidentialité. Un messager, c'était encore ce qu'il y avait de mieux.

– Très bien, dit-il. Vous m'avez réservé un vol ?

– Oui, demain, à 1 h 30 P.M., Un Pékin-New York. Sur Air China c'est encore ce qu'il y a de mieux malgré les 13 h 20 de voyage. Même si vous arrivez cassé. Une voiture vous emmènera à l'aéroport et on vous remettra l'enveloppe au dernier moment.

***

Malko regardait les immeubles marqués de chiffres énormes qui défilaient le long de l'express-way. Finalement, il était heureux d'aller à Washington.

D'abord parce qu'il progressait lentement sur le cas Lou Zhao et, ensuite, il valait mieux négocier lui-même. Avant de partir, il avait laissé un message à Ling Sima, annonçant qu'il partait aux États-Unis pour quelques jours. Le Guoanbu devait déjà le savoir.

Le chauffeur s'arrêta en bas de l'escalator menant à la salle des départs du Terminal 3 et sortit d'une serviette l'enveloppe cachetée.

– Je dois vous remettre ceci, sir, dit-il.

Malko empocha l'enveloppe, sortit de la voiture, et après avoir franchi le portail magnétique, s'engagea dans l'escalator. Lorsqu'il arriva dans l'immense salle du Terminal 3, il consulta le tableau des départs. Son vol était à l'heure, mais la banque d'enregistrement était à l'autre bout du hall tout en longueur. Il avait parcouru la moitié du chemin, contournant les queues devant chaque guichet, lorsque son portable sonna. Un numéro inconnu. Une voix de femme qu'il mit quelques instants à reconnaître.

– Je vous dérange ? demanda timidement Zhong Li.

– Pas du tout ! assura Malko.

– Je fais un dîner à la maison demain soir, j'aimerais que vous puissiez venir…

– Hélas, fit Malko, je suis à l'aéroport et je prends l'avion de New York dans une heure. Je ne serai absent que quelques jours et je vous appellerai aussitôt.

– Cela me fera plaisir, assura Zhong Li d'une toute petite voix.

Celle d'une femme amoureuse.

La route vers Lou Zhao était en train de se dégager.

CHAPITRE XIII

Malko était tendu en se retrouvant une fois de plus dans le bureau de John Mulligan, le *Special Advisor for Security* de la Maison Blanche. Il était arrivé la veille de Pékin après avoir été secoué une partie du trajet, et une attente interminable à New York.

Ted Boteler l'attendait au Dulles International Airport et Malko lui avait remis l'enveloppe de Ling Sima. Ensuite, arrivé au Willard, il s'était écroulé de fatigue et réveillé le lendemain à onze heures, barbouillé et le ventre creux. C'était pénible de passer d'un univers à l'autre. C'est encore Ted Boteler qui l'avait prévenu qu'on viendrait le chercher à trois heures, pour un meeting à la Maison Blanche. Il y avait retrouvé Léon Panetta, un analyste, et Ted Boteler. Les quatre hommes attendaient John Mulligan retenu par le Président dans un « board meeting » sur le Moyen-Orient. La situation en Égypte inquiétait beaucoup les Américains, harcelés par leurs alliés israéliens.

La porte s'ouvrit enfin sur un John Mulligan avec de grosses poches sous les yeux, le teint gris. Il allait suivre le chemin de Franck Capistrano : y laisser sa santé. On le laissa poser ses dossiers et souffler quelques instants. Enfin, il sortit d'un tiroir de son bureau un dossier rouge et lança à Malko :

– Je suppose que vous ignorez le contenu de cette lettre ?

– C'est exact, celle qui me l'a remise ne m'en a rien dit.

Apparemment, il était le seul des cinq hommes à être dans ce cas. John Mulligan lui tendit trois feuillets en anglais où certains passages étaient surlignés de vert.

– Lisez, demanda le Special Advisor for Security. La traduction en anglais a été faite par un de nos meilleurs spécialistes.

Malko se plongea dans la lecture. C'était une écriture administrative, sèche, sans fioriture, avec des paragraphes clairs. Il mit quelques instants à s'imprégner du texte et demanda :

– Si je comprends bien, les Chinois offrent, sous certaines conditions d'annuler l'invasion de Taïwan, pour peu que vous ne vous opposiez pas au développement par la Corée du Nord de son potentiel nucléaire.

– C'est exact, approuva John Mulligan. Leur argumentation est simple et invérifiable. Les membres du Parti qui penchent pour une intervention à Taïwan sont proches de la Corée du Nord, pour différentes raisons. Donc, en leur donnant satisfaction, on les neutralise.

– Quel est le risque à accepter ? demanda Malko. La nucléarisation de la Corée du Nord est un processus qui va s'étaler sur plusieurs années. Vous avez toujours la possibilité de faire marche arrière.

– Exact, reconnut le *Special Advisor for Security*. Mais qui nous dit que cette offre n'est pas là pour nous endormir d'ici la tentative d'invasion de Taïwan ?

Léon Panetta intervint :

– Nos analystes assurent qu'aucun membre du Parti Communiste chinois n'est assez proche de la Corée du Nord pour sacrifier des intérêts vitaux de la Chine à son profit.

– Les analystes se trompent parfois, laissa tomber Malko. Le passé l'a prouvé, mais on ne peut pas éliminer cette possibilité.

– Autre chose, reprit John Mulligan, si nous disons « oui » à cette offre, les Chinois vont forcément nous demander une garantie officielle qui va nous lier pour l'avenir, sous peine de renier notre parole.

Malko demeura muet : dépassé.

Le silence qui s'ensuivit fut rompu par Léon Panetta qui demanda respectueusement :

– Quelle est la position de POTUS [1] ?

John Mulligan prit la balle au bond.

1. Président of the United States.

– Il rejoint mes craintes. Pour lui, s'engager dans un tel processus met les intérêts de la nation en danger.

– Qu'est-ce qu'on fait alors ? demanda à son tour Malko. Les Chinois attendent une réponse.

John Mulligan le foudroya du regard.

– Qu'est-ce que *vous* faites ? Le Président m'a rappelé qu'à ce jour, nous ignorons la véracité de la menace. Les Chinois peuvent très bien nous balader.

Malko, piqué au vif, objecta :

– La façon dont le Guoanbu a traqué Lou Zhao montre que la divulgation de ce secret les embarrassait prodigieusement. Ce qui est un indice de sa véracité.

John Mulligan esquissa un sourire grognon.

– *Right*. Mais nous sommes encore dans les suppositions. Il nous faut une assurance que cette menace est bien réelle. Soit pour négocier avec les Chinois, soit pour prendre des mesures afin de protéger Taïwan.

« Cela ne dépend que de vous…

– Ted Boteler sait que j'ai localisé le domicile de Lou Zhao, répliqua Malko. J'ignore si elle s'y trouve. N'oubliez pas que la dernière information, c'est qu'elle se trouvait dans une prison du Guoanbu. Son avocat a été assassiné, un meurtre déguisé en suicide. C'est un sujet extrêmement sensible. Or, si, pour une raison que j'ignore, elle est revenue chez elle, le Guoanbu la « protège » certainement. Ce qui ne va pas faciliter son accès.

John Mulligan leva la tête de ses dossiers.

– À votre avis, quelle pourrait être la raison pour laquelle le Guoanbu a relâché Lou Zhao ?

– Je n'en vois qu'une, fit Malko : pour plaire à son amant le général Li Xiao Peng. Qui serait aussi un des instigateurs de l'invasion de Taïwan.

« Ce qui renforcerait la thèse chinoise.

« Si je retourne en Chine, je vais continuer mes travaux d'approche pour retrouver Lou Zhao, assura Malko, mais c'est sans garantie.

– Vous allez, bien sûr, retourner à Pékin, trancha John Mulligan. Il faut « endormir » les Chinois. Seulement, le Président m'a précisé que nous disposons d'un délai limité.

– Avant quoi ?

– Un déploiement préventif de nos forces pour protéger Taïwan. Une décision coûteuse et qui fera l'effet d'un coup de tonnerre.

Malko hocha la tête, compréhensif.

– Je ferai tout ce qui est en mon pouvoir. Quelle va être votre réponse aux Chinois ?

– Elle sera prête ce soir, annonça John Mulligan. Bien entendu, nous allons la transmettre de la même façon, sous enveloppe cachetée, mais je vous en livre l'essentiel : nous leur disons que nous étudions leur proposition et que nous réclamons des précisions sur les garanties qu'ils exigent. Ce qui leur donne l'impression que nous sommes ouverts à la négociation et permet de gagner du temps.

« Nous comptons sur vous.

– Je vous en remercie, fit Malko.

Un peu inquiet d'avoir un tel poids sur les épaules. Il s'agissait, ni plus ni moins, d'empêcher un affrontement armé entre la Chine et les États-Unis.

Il aurait mieux fait de continuer ses vacances en Thaïlande avec Alexandra.

Léon Panetta, le Directeur général de la CIA conclut :

– Nous avons prévu votre départ pour Pékin demain matin. Une voiture de l'Agence vous conduira à Dulles Airport. Son chauffeur vous remettra le courrier destiné au Parti.

La messe était dite.

Malko n'avait plus qu'à continuer sa tentative de séduction de Zhong Li, la voisine de Lou Zhao. Avec encore plus d'énergie. Sans même savoir si cela déboucherait sur quelque chose de concret.

*
* *

Le vol des « American Airlines » survolait l'Arctique. Comme le ciel était clair, on pouvait voir une étendue blanche à perte de vue : la banquise. Encore cinq heures de vol jusqu'à Pékin.

Malko y arriverait vers huit heures du matin.

Dans la poche intérieure de sa veste l'enveloppe cachetée au sceau de la Maison Blanche. Il était le *missi dominici* de l'Amérique. Mission grisante et trompeuse. Il avait bien senti que les Américains se servaient de la négociation avec Pékin pour lui permettre d'avancer vers la vérité. Seulement, il n'était pas sûr de la trouver.

***

Le général Li Xiao Peng était en train de signer des parapheurs lorsque le capitaine Fu, son ordonnance, pénétra dans le bureau et salua.

– Nous avons procédé à quelques aménagements dans votre appareil, annonça-t-il. Voulez-vous venir voir pendant que les ouvriers sont encore là ?

Le regard insistant posé sur son supérieur disait bien autre chose. Le général Li Xiao Peng posa son stylo et se leva :

– J'espère qu'il n'y en aura pas pour trop longtemps, maugréa-t-il. Vous auriez pu vous en charger.

Les deux hommes sortirent du bureau et deux minutes plus tard, ils étaient sur le tarmac. Le capitaine ne perdit pas de temps.

– Il y avait quatorze micros, annonça-t-il, du moins, ceux que nous avons découverts. Il y en a peut-être d'autres. Bien entendu nous les avons laissés en place.

– On a une idée de la provenance ?

– C'est du matériel américain, Texas Instruments.

Le général sursauta.

– Les Américains m'espionnent, mais comment…

– C'est le matériel utilisé par le Guoanbu, se hâta de préciser le capitaine Fu. Il est plus performant que le nôtre.

– Vous avez une idée de la façon dont ils ont procédé ?

– Oui. Une équipe du Guoanbu s'est présentée un soir et a été reçue par le Commissaire Politique de la base. Soi-disant pour une inspection des mesures de sécurité de la base. Bien entendu, personne ne les a suivis.

– Les salauds ! murmura le général. Je vous remercie.

Il regagna son bureau, le cerveau en ébullition. Le Guoanbu avait déployé les grands moyens. Il lui restait deux alternatives : soit demander une audience à leur patron et s'expliquer, soit faire le gros dos et préparer la suite.

Une telle conduite à l'égard d'un « prince rouge » signifiait que de graves soupçons pesaient sur lui.

Bien sûr, ce n'étaient encore que des soupçons, mais cela pouvait se transformer en disgrâce ou pire. Il suffisait qu'il ait un ennemi bien placé au Parti.

Un problème restait entier : Lou Zhao avait-elle été « retournée » ? Dans l'affirmative, il pouvait se servir de ses nouvelles connaissances pour monter un contre-feu. Rien que l'idée que la femme dont il était follement épris pouvait le trahir, lui donnait la nausée. Évidemment, la solution eût été de rompre.

Il n'en avait pas le courage.

Lou Zhao comptait trop dans sa vie, même si leur histoire était une impasse.

***

Malko acheva de s'installer dans la chambre 452 du Kempinski. Le chiffre 4 étant considéré par les Chinois comme portant malheur, les chambres du quatrième étage, étaient données en priorité à des étrangers. De nouveau, il était à Pékin. Comme prévu, une voiture de la Station était venue le chercher à l'aéroport. La première chose qu'il fit fut de laisser un message à Ling Sima, précisant qu'il était revenu en Chine.

Ensuite, il fit de même avec Zhong Li. Tombant aussi sur un répondeur. Il n'avait plus qu'à attendre qu'une des deux lignes réponde. Ce fut Zhong Li qui appela la première.

La voix douce comme du miel.

– Je suis contente que vous soyez revenu ! dit-elle. Êtes-vous libre au déjeuner ? Je peux décommander le mien.

– Avec joie. Où ?

– Vous connaissez le Capital M. ?

– Non.

– C'est avenue de la Paix Céleste, juste en face de Tien An Men. Au troisième étage. L'endroit le plus « in » en ce moment. C'est très bon. Je vais faire la réservation. Pouvons-nous nous retrouver là-bas ?

– J'y serai à une heure, assura Malko.

Pour une fois, il ne poursuivait pas une femme pour la conquérir. Zhong Li était le seul vecteur pour atteindre Lou Zhao, même si c'était encore théorique.

CHAPITRE XIV

Le Capital M. était une sorte de grande brasserie bruyante, aux prix prohibitifs pour Pékin, fréquentée par les jeunes Chinois friqués, et les businessmen étrangers. Avec une nourriture éclectique, allant du canard laqué au riz de veau.

Malko zigzagua entre les grandes tables rondes occupées par des groupes de Chinois avalant à toute vitesse les nourritures disposées sur le plateau central, jusqu'à un box situé au fond, un peu à l'écart.

Zhong Li arborait un sourire resplendissant, comme une jeune fille en fleur. C'est tout juste si elle ne se leva pas pour accueillir Malko. Ils se contentèrent d'échanger un long regard et la jeune femme annonça timidement :

– Je dois partir à deux heures et demie, je n'avais pas prévu que vous rentriez aujourd'hui.

– Cela ne fait rien, assura Malko. Nous aurons d'autres occasions de nous voir.

La jeune femme prit la balle au bond.

– Ce soir, j'ai un cocktail de business, si cela ne vous ennuie pas trop, vous pourriez venir, mais ce sont tous des Chinois.

– C'est une bonne idée, approuva Malko. À quelle heure ?

– Six heures. Vous avez une voiture ?

– Non, je prendrai un taxi.

– Je laisserai votre nom au poste de garde. Désormais, vous connaissez le chemin.

Visiblement, elle se réjouissait de le revoir. Malko, lui, se demandait comment il allait capitaliser sur cette intrusion à « Sun City » pour se rapprocher de Lou Zhao.

Ils commandèrent des steaks, pour changer un peu, mais Zhong Li refusa le bordeaux, continuant à s'en tenir au thé au jasmin.

– Une femme bien ne boit pas d'alcool en public, expliqua-t-elle.

Ils avaient presque terminé quand le portable de Malko, sonna, affichant un numéro inconnu.

C'était Ling Sima. Tout sucre et tout miel.

– Tu as fait bon voyage ? demanda-t-elle.

– Excellent. J'ai quelque chose pour toi.

– Je peux passer à l'hôtel, vers cinq heures ? Au bar.

– Absolument, confirma Malko.

Après avoir coupé la communication, il croisa le regard de Zhong Li. Un mélange de reproche et de tristesse. Avec un sourire un peu crispé, elle remarqua :

– Vous avez rendez-vous avec une femme. Je vois que vous connaissez beaucoup de Chinoises.

Malko arbora un sourire plein d'innocence.

– Celle-ci est une relation d'affaires : je dois lui remettre un projet de contrat que j'ai rapporté des États-Unis.

Zhong Li sembla le croire et ils quittèrent très vite le restaurant.

– À tout à l'heure ! lança la jeune femme.

***

Malko se réveilla en sursaut. Vaincu par le décalage horaire, il s'était endormi. Il sauta de son lit en voyant l'heure : cinq heures vingt ! Alors qu'il avait rendez-vous avec Ling Sima à cinq heures.

Quand il déboula dans le bar, il la repéra tout de suite, assise seule à une table devant un thé. Elle n'avait même pas ôté son manteau et son regard jetait des éclairs lorsqu'il s'assit à côté d'elle.

– Tu m'avais oubliée ? demanda-t-elle, sarcastique.

– Je m'étais endormi, avoua Malko, le décalage horaire… Je ne t'aurais sûrement pas oubliée.

Après avoir commandé un café, il lui tendit l'enveloppe remise par John Mulligan.

– Voilà ce que tu attendais.

Elle l'examina et vit le sceau de la Maison Blanche.

– C'est le Président ? demanda-t-elle, impressionnée.

– Honnêtement, je ne pense pas, avoua Malko, mais quelqu'un de son staff, avec un rang élevé.

Ling Sima glissa l'enveloppe dans son sac et jeta un coup d'œil à Malko.

– Tu sais ce qu'il y a dedans ?

– Non. Tu peux l'ouvrir.

– Je n'en ferai rien, dit-elle, en vidant sa tasse de thé, je vais la transmettre.

Elle était déjà debout et fermait son manteau.

– Quand est-ce que je te revois vraiment ? insista Malko.

Ling Sima lui jeta un regard froid.

– Dès que je peux.

Il la regarda partir. Il allait forcément la revoir avec la réponse du Parti.

***

Le cocktail était encore plus ennuyeux que ce qu'il avait imaginé ! Rien que des Chinois, des hommes d'affaires qui parlaient fort, et buvaient encore plus. Zhong Li avait bien essayé de le présenter, mais c'était artificiel. Les Chinois s'inclinaient poliment, tendaient une carte de visite et se replongeaient dans leur conversation. Alors, Malko prenait son mal en patience, encouragé par les coups d'œil que lui jetait Zhong Li à intervalles réguliers. Il s'était planté devant la grande baie vitrée qui offrait une vue imprenable sur le Stade des Ouvriers.

Elle aussi avait visiblement envie de se retrouver seule avec lui. Malko, lui, n'avait qu'une idée : comment allait-il profiter de cette occasion pour découvrir quelque chose sur Lou Zhao.

Il reprit sa troisième vodka. Les businessmen commençaient à s'en aller. Il s'esquiva discrètement comme s'il allait soulager un besoin urgent. En réalité, il gagna la chambre de Zhong Li et regarda la vue.

Un quart d'heure plus tard, la jeune femme arriva silencieusement, avec un sourire contraint, mais ne paraissant pas contrariée de le retrouver dans sa chambre.

– Je n'arrivais plus à m'en débarrasser ! avoua-t-elle. Vous ne vous êtes pas trop ennuyé ?

– Pas du tout, assura Malko. Je vous regardais.

Zhong Li sembla fondre.

– C'est si gentil de dire cela.

Spontanément, elle marcha vers Malko et passa ses bras autour de son cou, puis écrasa sa bouche sur la sienne. Le feu n'était pas éteint…

Cette fois, la jeune femme se montra encore plus passionnée, mais Malko s'abstint de toute privauté, lui effleurant juste la poitrine très légèrement. Il avait un autre plan.

Sa retenue était la bonne attitude. Quand elle interrompit son baiser, Zhong Li proposa :

– On va retourner dans le living.

Elle devait avoir peur qu'il la bouscule sur le lit. Malko suivit poliment et ils se retrouvèrent sur un grand canapé blanc. Spontanément, la Chinoise lui prit la main.

– Je suis si contente que vous soyez revenu !

Un vrai couple d'amoureux. Ils bavardèrent un peu puis Malko regarda sa montre.

– Je vais être obligé de m'en aller, je dois dîner avec la personne avec qui je suis venu l'autre jour. Pour lui donner des nouvelles de son pays.

Zhong Li se rembrunit.

– Déjà !

Malko prit sa main et la baisa.

– Ce n'est que partie remise. Demain soir, je suis libre. Nous pouvons dîner ensemble.

Il était déjà debout. Cette fois, c'est lui qui embrassa la jeune femme. Pour la première fois, il sentit son pubis se presser contre lui.

Zhong Li commençait à se laisser aller.

Elle le regarda prendre l'ascenseur, avec un sourire mélancolique.

Malko était déjà ailleurs. Au lieu d'appuyer sur le rez-de-chaussée, il appuya sur le bouton du premier sous-sol, le parking. Il devait profiter de l'occasion. Au poste de garde, il avait été enregistré comme visiteur de Zhong Li, mais on n'allait pas surveiller son horaire. Seule, la Chinoise pouvait savoir l'heure de son départ et elle était à mille lieues de deviner ce qu'il allait faire.

L'ascenseur s'arrêta et il déboucha dans un immense parking qui occupait les sous-sols des trois parties de la résidence. Il cherchait une chose : la voiture de Lou Zhao : une Beetle verte dont il avait le numéro. Seulement, la jeune femme n'habitait pas dans le même corps de bâtiment. Il se mit à marcher, cherchant à s'orienter. Heureusement, il y avait des indications en anglais.

Peut-être que cette exploration ne donnerait rien, mais c'était déjà un miracle.

Vingt minutes plus tard, il avait parcouru tout le parking, sans voir de Beetle verte ! Il avait dû se dissimuler quand deux voitures étaient entrées dans le parking se garer.

Il allait repartir lorsqu'il réalisa qu'il y avait un second sous-sol.

Il reprit l'ascenseur, cette fois, celui de l'aile nord, celle où demeurait Lou Zhao et fut soulagé : c'était aussi un parking !

Il recommença sa recherche fastidieuse, un peu plus facile car c'était la partie où la voiture pouvait se trouver.

C'est cinq minutes plus tard qu'il la découvrit. Bien garée sur une place numérotée. En soi, cela ne l'avançait pas. Si Lou Zhao était en prison, elle n'avait pas emmené sa voiture.

Il tourna autour, tenta de l'ouvrir, mais elle était fermée à clef. Soudain il sentit une odeur d'huile chaude.

Tournant autour de la voiture, il posa la main sur le capot arrière, là où se trouvait le moteur, et son pouls grimpa en flèche.

L'acier était chaud. La voiture n'était pas rentrée depuis longtemps ! Donc Lou Zhao était bien revenue chez elle.

***

Malko regarda longuement la Beettle, avec une furieuse envie de laisser un message. Mais comment ?

Poser un papier sur le pare-brise était risqué. Il était en train de réfléchir, lorsqu'il entendit des pas. Un vigile s'approchait sans se presser, encore à une trentaine de mètres. Malko se hâta de gagner l'ascenseur comme s'il venait de garer sa voiture.

Arrivé au premier sous-sol, il ressortit de l'ascenseur et gagna celui du bâtiment sud. Appuyant ensuite sur le bouton du rez-de-chaussée.

Il sortit tranquillement dans le hall, salué par le vigile comme s'il descendait de chez Zhong Li. Ensuite, il passa à pied devant le poste de garde qui ne lui demanda rien et s'arrêta au bord du trottoir pour attendre un taxi.

Le cœur battant.

Il avait désormais une certitude : Lou Zhao était à portée de la main. Seulement entre elle et lui, il y avait le Guoanbu. Comment la contacter, sachant que son appartement était sûrement piégé ?

***

Un des agents du Guoanbu chargé de la surveillance de Lou Zhao avait pour tâche d'éplucher la liste des visiteurs de la résidence « Sun City », sur une liste remise chaque soir par le poste de garde.

Il parcourait rapidement la liste des noms chinois, lorsqu'il en trouva un avec une consonance étrangère.

Il le nota soigneusement et appela celui qui coordonnait les opérations pour le lui communiquer.

***

Lou Zhao regardait un DVD. Aujourd'hui, c'était un jour « off », sans visite de son amant. Lors de leur dernière soirée, il s'était montré bizarre. À la fois très amoureux et agressif. Elle n'avait pas compris.

Cette vie commençait à lui peser, ainsi que les pensums quotidiens du Guoanbu. Elle n'avait même pas le droit de téléphoner à sa copine japonaise.

Par moment, elle avait envie de prendre sa voiture et de filer. Mais où aller ? Le Guoanbu serait sur ses traces en quelques minutes et ils avaient sûrement posé une puce électronique sur son véhicule pour la suivre.

Elle n'avait plus qu'à implorer Bouddha…

***

C'était une mini-réunion de crise avec les principaux membres de la cellule du Guoanbu chargée de la surveillance de Lou Zhao. Le fait que l'agent de la CIA qui la connaissait ait été vu à « Sun City » posait un problème grave. Bien sûr, il venait chez une femme connue pour avoir des relations amicales avec Al Snyder, sans jamais avoir été inquiétée, mais c'était quand même un problème.

Cela pouvait être une coïncidence, mais, au Guoanbu, on ne croyait pas trop aux coïncidences.

L'un des agents présents suggéra :

– Le plus simple est d'exfiltrer provisoirement le capitaine Lou Zhao.

L'autre trancha :

– Impossible !

Lou Zhao était la seule façon d'obtenir une confession involontaire du général Li Xiao Peng.

– Donc, il faut arrêter Malko Linge.

– Impossible aussi, c'est le messager officiel du gouvernement américain. Pour l'instant, il est intouchable.

Un ange, les ailes peintes aux couleurs du drapeau chinois, traversa la pièce.

– Nous devons simplement renforcer notre surveillance auprès du capitaine Zhao, conclut le chef de la cellule et empêcher cet homme de l'approcher.

CHAPITRE XV

Al Snyder fixait Malko avec admiration. Celui-ci venait de lui révéler sa manip pour approcher Lou Zhao et le rôle de Zhong Li. Il hocha la tête.

– Je ne pensais pas que Zhong Li pourrait se conduire ainsi, je l'ai toujours vue froide et distante.

– Attendez ! tempéra Malko, nous n'avons encore que flirté, j'ignore si elle veut aller plus loin. De toute façon, ce n'est pas le problème.

– Quelle est la suite ? demanda le chef de Station de la CIA

– Un contact avec Lou Zhao.

– Comment ?

– Je n'en sais encore rien ; ce sera beaucoup plus difficile. Son appartement est sûrement piégé. Il faut que j'arrive à lui parler en dehors. Mais, j'ai une idée.

– Laquelle ?

– Attendez que je puisse la mener à bien.

– Comment va-t-elle vous recevoir ?

– C'est la question, avoua Malko. *En principe*, elle est de notre côté.

– Qu'allez-vous lui proposer ?

– Pour l'instant, je n'ai pas grand-chose. C'est elle qui doit me donner des détails sur sa situation. Pourquoi le Guoanbu, après l'avoir jetée en prison, l'a-t-il laissée regagner son domicile ?

– Sûrement grâce aux pressions de Li Xiao Peng, conclut l'Américain. Ce qui prouverait que le Parti n'a pas grand-chose à lui refuser. Ce qui renforce d'autant la thèse que les Chinois veulent nous vendre. Je vais avertir Langley que nous sommes sur la bonne voie. Faites attention : souvenez-vous de Me Meng Chao Li.

– Moi, ils n'oseront pas me toucher, remarqua Malko. En ce moment j'attends la réponse du Parti à la proposition de la Maison Blanche.

Al Snyder hocha la tête, dubitatif.

– Moi, je me méfie des Chinois. S'ils estiment que vous devenez trop dangereux, ils sont capables de tout.

– Un homme prévenu en vaut deux.

– Vous voulez une arme ?

Malko hésita :

– Pas encore. Pour l'instant, je ne suis qu'à la périphérie. Si j'établis le contact avec Lou Zhao, ce sera différent.

***

De nouveau, la réunion comprenait les cinq plus hauts dignitaires du Parti. Pour décortiquer la « proposition » américaine.

– Quelles garanties allons-nous demander ? demanda Zhou Yong Kang.

– Je pense qu'une lettre non publiée – un accord secret – signée du président des États-Unis suffirait. Ce qui leur permettra de sauver la face et de ne pas révéler qu'ils ont cédé au chantage. Il suffit qu'ils s'abstiennent de toute action concrète. Si nous avons cette lettre, nos amis nord-coréens seront prévenus et ne se troubleront pas des menaces américaines.

Cai Daren triomphait.

Modestement, le n° 3 du Parti remarqua :

– Nous faisons un très beau cadeau à nos amis nord-coréens. Ils n'ont pas l'habitude d'être reconnaissants.

Cai Daren rétorqua aussitôt :

– On ne leur fait pas de cadeau. N'oubliez pas que le Japon est notre adversaire potentiel : il voit d'un très mauvais œil notre réarmement. Lui-même commence à produire des sous-marins et à muscler sa « Force de Défense ». Si nous pouvons disposer d'une « menace » nord-coréenne, cela peut servir à calmer leur agressivité.

Zhou Yong Kang comprit que la messe était dite. De toute façon, c'est une bonne opération qui ne coûtait rien à la Chine. Qui détiendrait désormais un accord secret signé du président des États-Unis. Pourtant, il émit une dernière réserve.

– Nous allons rédiger la réponse aux Américains dans ce sens. Et s'ils refusent ?

Cai Daren laissa tomber :

– Nous leur ferons savoir que, dans ce cas, nous ne pouvons plus arrêter l'invasion de Taïwan.

Zhou Yong Kang hocha la tête.

– C'est un jeu dangereux. Les Américains risquent de devenir brutaux. C'est dans leur culture. Ils peuvent prévenir les Taïwanais et déployer autour de l'île des porte-avions. Créer une situation de guerre.

De nouveau, Cai Daren ne sembla pas ému.

– Avec Bush, oui. Pas avec Obama. Il a trop de problèmes domestiques. Au cas où il refuserait de signer, nous pouvons faire un peu de gesticulations dans le Fu-Kien.

« Déplacer des troupes, tirer un peu sur Quemoy. Assez pour leur montrer que nous sommes sérieux.

– Très bien, conclut Zhou Yong Kang, faites-moi porter la réponse dès qu'elle sera rédigée : je serai plus tranquille lorsque nous aurons en notre possession la réponse signée de Barack Obama.

Cai Daren le fixa, ironique.

– Il signera. Il aura peur.

***

Volontairement, Malko avait attendu vingt-quatre heures avant de rappeler Zhong Li. Il n'avait qu'une carte à jouer et il devait la jouer bien.

Lorsqu'il l'eut en ligne, il la sentit fondre de bonheur.

– J'avais beaucoup d'obligations, expliqua-t-il et je dois bientôt repartir pour les États-Unis.

– On ne va pas se voir ?

Un cri du cœur.

– Si, répondit Malko, à condition que vous soyez libre ce soir. Je vous emmène dîner.

– Je vais me libérer, assura la Chinoise. Voulez-vous que je vous prenne au Kempinski ?

– C'est une bonne idée, approuva Malko.

Les dés étaient lancés. Il y avait beaucoup d'incertitudes mais une chance raisonnable de réussite.

Tout reposait sur son pouvoir de séduction. Il retournait la méthode chinoise contre le Guoanbu. Cette fois, c'était lui, la « courtisane ».

***

Le général Li Xiao Peng regardait pensivement l'ordre qu'il venait de recevoir de l'état-major. Il s'agissait de programmer un nouveau voyage d'inspection sur la côte du Fu-Kien. Alors que la précédente inspection remontait à quelques jours.

Il y avait là quelque chose de louche.

Cherchait-on à l'éloigner de Pékin ? Ou autre chose ? Depuis la découverte des micros dans son avion il se savait être une cible de Guoanbu. Donc, tout ce qui sortait de l'ordinaire était suspect.

Il ne pouvait pas refuser de faire une inspection, mais il aurait voulu en savoir plus.

Soudain, il eut une idée : le Guoanbu était forcément au courant de sa liaison avec Lou Zhao. Il allait les prendre à leur jeu, en emmenant la jeune femme avec lui. Bien sûr, c'était formellement interdit par le règlement militaire, mais il y avait de nombreuses exceptions.

Au moins cet étrange voyage serait agréable. Et aussi un moyen de vérifier si le Guoanbu réagissait.

***

Zhong Li était en avance de cinq minutes, déjà stationnée le long du trottoir, lorsque Malko descendit. En prenant place dans la BMW, il put humer l'odeur d'un parfum français. La jeune femme, même si elle n'eut aucune démonstration de tendresse, rayonnait. Il remarqua les bas noirs, le tailleur plutôt court et les escarpins.

Elle avait mis sa tenue de séductrice.

– Où allons-nous ? demanda Malko.

Zhong Li eut un rire un peu gêné.

– Au Fanshan, dans le parc Bei-Hei. Il est très bon et là-bas je pense que personne ne me connaît. Sinon, nous aurions été au Da Dong.

Malko sourit :

– Vous avez raison. Il y a un proverbe qui dit : « Pour vivre heureux, vivons cachés. »

– Ce pourrait être un proverbe chinois, approuva Zhong Li. Nous n'aimons pas exposer nos sentiments.

Ils entrèrent par la porte Est du parc Bei-Hei. Le restaurant se trouvait tout de suite à droite, dans Weijin street, coincé entre le lac Bei-Hei et le Jingshan park.

Étonnant : l'entrée dégoulinait de phœnix et de dragons en marbre blanc ! C'était une vieille demeure pleine de charme, avec des petites salles discrètes, séparées de la grande salle par un rideau brodé de dragons.

– Ici, annonça Zhong Li, vous allez manger de la véritable cuisine impériale.

En consultant la carte, Malko constata que les prix étaient, eux aussi, impériaux.

Zhong Li commanda du thé, du vin blanc du Yunnan et de la Tsing Tao. Malko la laissa établir le menu.

Il eut le premier choc lorsqu'on leur apporta les premiers plats. Zhong Li prit délicatement avec ses baguettes quelque chose qui ressemblait à un cylindre.

– Ce sont des vers à soie grillés, annonça la Chinoise, en croquant le sien. C'est très rare. On en mangeait beaucoup à la cour.

Avec beaucoup de vin du Yunnan, cela passait. De toute façon, Malko aurait mangé des cafards.

La suite était plus souriante : du canard, du poisson et des choses non identifiées sur lesquelles il ne posa aucune question, craignant la réponse.

Zhong Li buvait tellement de vin blanc du Yunnan qu'il en commanda une seconde bouteille. Les yeux brillants, elle était aux anges, se servant de ses baguettes pour nourrir Malko, lui adressant des regards énamourés.

Sans même poser la main sur la sienne : les habitudes ont la vie dure.

Lorsqu'ils arrivèrent aux letchis et aux pommes confites, elle parlait un peu trop fort. Comme c'était de l'anglais, cela n'avait pas trop d'importance : dans la salle, il n'y avait que des Chinois.

Bâfrant comme des empereurs. Le cognac et l'alcool de riz coulaient à flots, avec la Tsing Tao.

Lorsque Malko reçut l'addition, il eut un haut le corps. Pour ce prix-là, on aurait pu acheter cette vieille maison. Zhong Li sortit, la démarche légèrement ondulante. Quand elle se mit au volant, elle dit avec un petit rire :

– J'espère qu'on n'aura pas un contrôle d'alcoolémie. Ça nous gâcherait la soirée.

Malko était quand même un peu tendu. C'était le « *turning point* ». Zhong Li lui ôta toute angoisse en se tournant vers lui.

– Si vous avez un peu de temps, on peut aller prendre un verre chez moi. Je vous ai acheté de la vodka.

Elle était vraiment amoureuse.

Une demi-heure plus tard, lorsqu'ils passèrent devant le poste de garde de la résidence pour s'engager dans le parking souterrain, Malko bénit les glaces fumées. Certes, le vigile avait vu un homme, mais sans pouvoir l'identifier. Il avait ouvert la barrière après avoir vérifié le numéro enregistré de la voiture.

Dans l'ascenseur, Zhong Li s'appuya imperceptiblement à lui. Elle avait laissé le living allumé. Malko vit tout de suite la bouteille de « *Ruski Standarte* » sur le bar.

La Chinoise était déjà en train de verser de la vodka dans deux verres. Malko leva le sien.

– *Cheese to you, darling.*

Il vida sa vodka d'un coup. Zhong Li trempa les lèvres dans la sienne et s'étrangla, devenant écarlate.

– C'est trop fort, bredouilla-t-elle, des larmes plein les yeux.

Malko lui ôta gentiment son verre et glissa une main dans son dos.

– Respirez profondément, conseilla-t-il.

Zhong Li respira, puis son corps s'inclina en avant, son visage se leva et, comme une noyée, elle s'accrocha à Malko, passant un bras autour de son cou et lui dardant directement une langue imbibée de vodka dans la bouche.

Cette fois, son pubis était moins timide. Lorsque Malko glissa un bras autour de sa taille, elle s'incrusta à lui.

Ils étaient collés comme deux timbres-poste.

Malko se dit que la soirée commençait bien.

*
* *

Malko était devenu nettement plus familier, n'hésitant pas à caresser Zhong Li, découvrant sous le chemisier une petite poitrine aux pointes durcies. Lorsqu'il les effleura, la Chinoise émit un couinement heureux.

Il la sentait complètement offerte et se demanda s'il n'allait pas la prendre debout, appuyée au bar.

Hélas, ce n'eût pas été convenable.

Comme si elle avait lu dans ses pensées, Zhong Li se détacha de lui et le prit par la main, sans un mot, l'entraînant dans le couloir menant à la chambre.

Elle y entra la première, referma la porte, éteignit la lumière et recommença à embrasser Malko.

Celui-ci la poussa doucement jusqu'au lit et entreprit de la déshabiller.

À tâtons.

On se serait cru au centre de la terre. Pas une lueur ne filtrait ! Lorsqu'il ouvrit le chemisier de la Chinoise et déboucla son soutien-gorge, posant ensuite sa bouche sur les pointes érigées, Zhong Li se tendit en arc, enfonçant ses ongles dans sa nuque. À lui faire mal.

Mais, c'est quand il atteignit son sexe, à travers ce qui le protégeait encore, qu'elle devint carrément hystérique. Griffant Malko comme un chat en colère, envoyant les jambes dans tous les sens.

Patiemment, il entreprit de faire glisser sa jupe et tout ce qui allait avec.

Pendant ce temps, la main droite de Zhong Li s'activait maladroitement sur son pantalon.

Enfin, elle fut nue.

À son tour, il se débarrassa de ses vêtements, gêné par les mouvements désordonnés de la Chinoise. Il ne connaissait même pas son corps, mais cette furia lui avait procuré une érection d'enfer.

Les doigts de Zhong Li se refermèrent sur lui avec une force incroyable, le masturbant maladroitement.

Lorsqu'il lui rendit la pareille, elle décolla littéralement du lit. Abandonnant sa proie, elle referma les deux mains sur son dos et sa nuque et commença systématiquement à l'écorcher vif ! Ses ongles s'enfonçaient dans sa chair, en ôtant des lambeaux.

Lorsqu'il s'appesantit sur son sexe, il le découvrit inondé.

Il bascula sur la jeune femme, sentant ses cuisses s'ouvrir largement sous lui. Son sexe trouva le sien naturellement et il s'y enfonça d'un coup.

Zhong Li poussa un hurlement de parturiente. Ses ongles se plantèrent solidement dans la nuque de Malko et son bassin commença à s'agiter sous lui. Il avait du mal à rester en elle. Il ne sut même pas si elle s'était rendu compte qu'il avait joui.

Il se laissa tomber sur elle, le sexe encore fiché dans celui de la Chinoise.

Celle-ci finit par se calmer, puis rester complètement immobile. Malko se retira doucement et reprit son souffle. Son dos et sa nuque le brûlaient horriblement.

Il se leva et s'adressa à la jeune femme :

– Ça va ?

Pas de réponse. À son souffle régulier, il réalisa qu'elle s'était endormie, vaincue par le vin blanc du Yunnan et son orgasme cosmique.

Pourtant, il n'osa pas allumer, ramassa ses affaires et se glissa hors de la chambre. Il y avait une glace dans le couloir et il put inspecter les dégâts : son dos et sa nuque étaient striées de traînées de sang. On aurait dit qu'il s'était battu avec un fauve.

Lorsqu'il se rhabilla, sa chemise resta collée à sa peau par le sang.

Il gagna le living et entrouvrit la porte du palier. Personne. Il se glissa dehors et appela l'ascenseur. Sa montre indiquait onze heures. Il appuya sur le bouton du second sous-sol. S'il voulait avoir une chance de voir Lou Zhao, il avait une longue nuit blanche devant lui.

CHAPITRE XVI

C'est dur de rester huit heures éveillé… Heureusement, les brûlures de son dos et de sa nuque aidèrent Malko à ne pas s'endormir. Il n'aurait jamais soupçonné cette furie érotique chez la sage Zhong Li. Elle ne devait pas souvent faire l'amour, bridant un tempérament brûlant.

Malko avait trouvé un recoin pour se dissimuler dans le parking du second sous-sol. Une sorte de renfoncement avec un extincteur. Il s'était imposé de rester éveillé. Certes, toutes les places de voitures étaient occupées, donc, il ne risquait pas de mauvaise surprise, mais il y avait les vigiles dont il ignorait les horaires.

Une première fois, il avait eu le temps de gagner l'ascenseur mais il ignorait s'il y aurait une seconde ronde. Il consulta sa montre. Sept heures et demie du matin. Son raisonnement était simple : Lou Zhao ne devait pas passer toute la journée enfermée. Le seul moyen de l'intercepter était de planquer dès le matin, sans que les agents du Guoanbu puissent soupçonner sa présence.

Pour les vigiles de l'entrée, il passait la nuit chez Zhong Li.

Il essaya de se détendre et, soudain, sursauta. Son pouls grimpa lorsqu'il vit sa montre afficher huit heures et demie. Il s'était endormi !

Il s'ébroua et se mit debout.

Désormais, il y avait une certaine animation dans le parking. Des gens arrivaient de tous les ascenseurs et prenaient leur voiture. C'était plus facile pour lui. Les occupants de la résidence « Sun City » ne se connaissaient pas, donc il ne risquait pas grand-chose.

Il reprit sa veille, le regard braqué sur la porte menant à l'ascenseur du bâtiment Nord.

Priant silencieusement.

Lou Zhao pouvait, aussi, ne pas sortir avant midi. Il était crevé, mourait de faim et de soif.

Un homme émergea de la porte qu'il surveillait et son pouls retomba.

Deux minutes plus tard, la porte s'ouvrit de nouveau. Sur une femme. Qui se dirigea vers la droite, là où était garée la Beetle de Lou Zhao.

Malko mit quelques secondes à reconnaître la jeune femme, habillée de vêtements sans forme. Il ne fut certain qu'en la voyant mettre la clef dans la portière de la Volkswagen. En quelques enjambées, il atteignit la voiture. Lou Zhao était déjà en train de mettre le contact.

Il frappa un coup léger à la vitre et la Chinoise tourna la tête vers lui.

Son visage se décomposa, et elle demeura quelques instants tétanisée. Malko se demanda si elle n'allait pas démarrer. Puis, elle baissa la glace et lança :

– Comment êtes-vous ici ?

– Je viens vous sortir d'affaire, assura Malko. Personne ne m'a vu, mais il faut que je vous parle. Comment peut-on faire ?

La Chinoise, les mains crispées sur le volant, semblait dépassée.

– Pas chez moi ! dit-elle, il y a des micros partout.

– Alors, ici ?

– Non, je n'ai pas le temps. Ils me surveillent tout le temps. Ils savent à quelle heure je suis sortie de chez moi. *My God*, comment avez-vous fait pour arriver jusqu'ici !

On aurait dit qu'elle le regrettait presque.

– Écoutez Lou, fit Malko, trouvez un moyen !

Lou Zhao avala sa salive puis lâcha très vite :

– Rue Gonj Bei Lou, il y a un magasin de vidéos. J'y vais régulièrement. Il possède deux entrées, si on traverse le magasin. La « *back room* » donne sur le magasin Yashow, qui vend des contrefaçons.

« Attendez-moi là vers trois heures, mais je ne pourrai pas rester longtemps et il faudra que je ressorte par l'entrée principale. Sinon, ils se poseront des questions.

Brutalement, elle baissa la glace et démarra.

Malko la vit s'engager dans la rampe menant au rez-de-chaussée et regagna l'ascenseur.

Dix minutes plus tard, il ressortait à pied par le poste de garde, et appelait un taxi.

Direction le Kempinski. Il rêvait à un lit comme un chien rêve à un os.

***

Zhou Yong Kang tendit à Ling Sima une enveloppe scellée par le sceau du Parti Communiste chinois avec un sourire.

– Voilà notre réponse aux Impérialistes. Il faut qu'elle leur parvienne le plus vite possible.

– Je ferai ce qu'il faut, assura la jeune femme.

Le n° 3 du Régime lui adressa un sourire chaleureux.

– Nous saurons vous récompenser pour votre rôle. Que diriez-vous d'un poste de direction dans une grande banque ?

– Ce serait merveilleux, assura Ling Sima.

Bien entendu la banque était contrôlée par le Parti dont elle serait l'œil. Avec beaucoup d'argent à la clef.

Elle se leva, s'inclina profondément et prit congé. Zhou Yong Kang la rappela :

– Normalement, c'est le dernier aller-retour. Si vous le pouvez, faites passer le message que nous nous impatientons.

– Ce sera fait, assura la colonelle du Guoanbu.

Bien contente d'être revenue à Pékin. Désormais, sa carrière allait vraiment démarrer.

***

Malko traînait au milieu des piles de contrefaçons du magasin Yashow. Il avait pris un taxi pour cette rue commerçante et avait flâné dans différentes boutiques, jouant l'oisif. Ce qu'il n'était plus tout à fait.

Épuisé, il avait dormi cinq heures, et mis son réveil. Son dos le brûlait encore et il avait hurlé sous la douche. Pourtant, il ne regrettait pas ses lambeaux de peau. S'il n'y avait pas de contretemps, il allait réussir l'impossible.

Il consulta sa montre. Trois heures moins le quart.

Bien sûr, il y avait la possibilité qu'il soit suivi de près et que son suiveur identifie Lou Zhao, mais ce serait trop tard.

Enfin, il aperçut une tache rouge dans le fond du magasin. Le tailleur de Lou Zhao.

Ils se rejoignirent dix mètres plus loin. La jeune femme semblait nerveuse, stressée.

– Si on sait que je vous ai vu, dit-elle, je retourne en prison. C'est horrible là-bas.

– Vous ne retournerez pas en prison, assura Malko. Je suis venu pour vous sortir d'ici.

Inutile de préciser qu'il n'avait pas la moindre

idée de la façon de procéder. Lou Zhao secoua la tête.

– C'est impossible.

– Pourquoi le Guoanbu vous a-t-il autorisée à revenir dans votre appartement. Pour faire plaisir à Li Xiao Peng ?

Elle sursauta.

– Pas du tout. Je travaille pour eux désormais.

– Vous travaillez pour le Guoanbu ?

– Oui. Ils m'ont demandé de surveiller Li Xiao Peng. Je dois leur rapporter tout ce que nous faisons.

– Mais pourquoi ?

– Ils n'ont pas confiance en lui. Ils ignorent si l'opération *Red Dragon* existe vraiment.

Malko en demeura muet.

Tout était bouleversé. Les Chinois faisaient un formidable coup de bluff avec les Américains ! Vendant quelque chose qu'ils ne possédaient pas.

Si *Red Dragon* n'était qu'une fiction, les Américains n'avaient aucune raison de céder aux demandes chinoises. C'était si important qu'il insista.

– Pourquoi pensent-ils cela ?

– Parce qu'il y a des signes dans les deux sens. Moi, je pense que c'est un vague projet dont il m'a parlé un soir de beuverie. Seulement, le Parti n'a pas le moyen de connaître la vérité. C'est pour cela que j'espionne Li Xiao Peng. Sans résultat jusqu'ici.

Malko en savait assez.

– OK, Lou, conclut-il, vous me reverrez. J'ai un moyen de pénétrer dans votre résidence sans que le Guoanbu ne me repère.

– Surtout, supplia-t-elle, ne venez jamais chez moi, il y a des micros partout.

Elle était tellement effrayée qu'elle ne lui dit même pas au revoir.

Malko la regarda replonger dans la « *back room* » du marchand de vidéos, où elle se hâta d'acheter quelques copies.

Il ne tenait pas en place : avant tout, il devait communique ce secret qui changeait tout.

***

– *Mother-fuckers*[1] ! gronda Al Snyder. John Mulligan avait raison de se méfier. C'est une arnaque géniale. J'envoie un télégramme crypté à Langley. Ils vont sauter de joie. Bon, je crois que votre rôle est terminé.

– Pas encore, rétorqua Malko. J'attends la réponse officielle des Chinois. Il faut jouer le jeu. Nous ne somme pas pressés. Et puis…

Il s'interrompit.

Aussitôt Al Snyder demanda vivement :

– Et puis quoi ?

– Je voudrais bien sortir Lou Zhao de ce piège.

– Mais elle n'est pas américaine, protesta le chef dc Station de la CIA.

1. Les enculés !

Toujours la même attitude. Malko ne se laissa pas intimider.

– On m'a toujours appris que, dans un combat, on ne laissait personne derrière soi, ni les morts ni les blessés. Même si cela coûte très cher. C'est une question d'honneur.

Al Snyder hocha la tête.

– Vous vous attaquez à un job impossible. Sauf à envahir la Chine et ce n'est pas à l'ordre du jour.

– On verra, fit évasivement Malko. Maintenant, je vais dormir !

Pour la première fois, il allait dormir en paix. Il avait brisé le mur du Guoanbu érigé autour de Lou Zhao. Et découvert le pot aux roses.

Désormais, les Chinois étaient en position de faiblesse.

***

L'équipe de surveillance de Malko Linge était en train d'étudier ses faits et gestes. Bien entendu, ils avaient suivi son idylle avec Zhong Li. Ce qui ne les inquiétait pas. L'agent du Guoanbu nota les horaires de Malko : il était rentré à 10 h 45 dans la voiture de Zhong Li et ressorti à 9 h 05 le lendemain matin. Ce qui signifiait qu'il avait passé la nuit chez la jeune femme. Ce qui n'avait rien d'étonnant.

Il allait passer à autre chose, lorsqu'il eut l'idée de vérifier les horaires de Zhong Li. Le poste de garde notait scrupuleusement les déplacements des occupants de « Sun City ».

Quelque chose accrocha aussitôt son regard. Zhong Li, le lendemain de sa nuit d'amour, était sortie au volant de sa voiture à 8 h 10.

C'est-à-dire, trente-cinq minutes avant l'agent de la CIA.

Bien sûr, il avait pu s'attarder, mais cela demandait vérification.

***

Zhong Li avait passé la journée dans le brouillard. Effrayée par la violence de sa passion. Elle s'était réveillée vers deux heures du matin, pour constater que son amant d'un soir avait disparu. Ce qui l'avait plutôt soulagée. Elle avait un peu honte d'elle-même et de son déchaînement, même si elle ne se souvenait pas de tout.

Si honte qu'elle n'avait pas osé téléphoner à Malko. Elle avait hâte de récupérer et quitta son bureau vers cinq heures. Elle venait juste de garer sa voiture dans le parking de « Sun City » lorsque trois hommes surgirent de nulle part, habillés en civil et l'entourèrent. L'un d'eux demanda brutalement :

– Tu es Zhong Li ?

Terrifiée, la Chinoise balbutia « oui ».

– On a des questions à te poser. On vient avec toi.

Ils ne s'étaient pas présentés, mais elle savait très bien à qui elle avait à faire : le Guoanbu.

Mais, pourquoi ? Ce n'était quand même pas un délit de faire l'amour avec un étranger.

Ils se serrèrent tous les quatre dans l'ascenseur. L'un des hommes avait dû manger du Kimchi, car il empestait le chou fermenté à l'ail.

Zhong Li sentait ses jambes se dérober sous elle. Qu'avait-elle fait ?

CHAPITRE XVII

Ils avaient laissé Zhong Li debout au milieu du living room, l'entourant comme des chiens cernent un renard blessé. L'un des agents du Guoanbu demanda sèchement :

– C'est ton amant, ce Malko Linge ?

Zhong Li ne put que murmurer « oui ».

– Il n'y a pas assez de bons Chinois ? enchaîna l'homme, méprisant. Il te paie, tu es une putain ?

Sous l'outrage, Zhong Li se redressa.

– Je ne suis pas une putain ! Il ne me donne rien. Je n'ai pas besoin d'argent.

Un autre enchaîna :

– Hier matin, tu es sortie de chez toi à 8 h 10.

– Oui.

– Où était ton amant ?

– Il était parti.

– Quand ?

– Je ne sais pas. Je m'étais endormie. Quand je me suis réveillée, il n'était plus là.

– Quelle heure était-il ?

– Un peu plus de deux heures du matin.

Le troisième policier consulta un bloc.

– Ton amant est ressorti de la résidence à 9 h 05. Où était-il toute la nuit ?

Zhong Li se troubla et secoua la tête : Perturbée.

– Je ne sais pas. Je ne comprends pas.

Les trois policiers se regardèrent : de toute évidence, elle disait la vérité. Le plus âgé lança :

– Tu viens avec nous.

– J'ai sommeil, je suis fatiguée, protesta Zhong Li. Je n'ai rien fait.

– Tu dormiras plus tard, putain, cracha un des policiers.

Ils l'entraînèrent si violemment qu'elle perdit une de ses chaussures. Ils ne la laissèrent pas la ramasser. C'était bien qu'elle se sente en état d'infériorité.

***

Malko appela pour la troisième fois le portable de Zhong Li. Qui passa aussitôt sur messagerie. Il laissa un message gentil, la remerciant pour leur soirée et lui proposant de dîner à nouveau avec elle. Elle avait peut-être pensé qu'il l'avait considérée comme un « *one-night stand*[1] ». et cela l'avait vexée.

Il se sentait vidé.

1. Coup d'une nuit.

Et heureux. À cette heure, la CIA connaissait la vérité sur « *Red Dragon* ». Ou, du moins, possédait tous les éléments accessibles. Car, personne, en dehors du général Li Xiao Peng ne connaissait la vérité.

Il se préparait à passer une soirée calme lorsque son portable sonna.

Ling Sima avait sa voix des bons jours.

– J'ai quelque chose pour toi, annonça-t-elle.

– Tu veux me le remettre ce soir ?

– Tu n'es pas pressé ? répliqua-t-elle. C'est important pourtant.

Il eut envie de lui dire que c'était désormais beaucoup moins important, mais il fallait jouer le jeu.

– Tu peux venir jusqu'ici ? demanda-t-il.

– Dans ta chambre ?

– Mais non ! En bas, au bar. Dans une heure.

Cela lui donnait le temps de prendre une douche et de passer de la crème sur ses estafilades qui lui faisaient toujours aussi mal.

Lorsqu'il descendit, la Chinoise était déjà installée au bar. Il commanda un double expresso pour tenir compagnie à son thé. Ling Sima, vêtue d'un sage tailleur, ne perdit pas de temps, plongeant dans son sac pour en sortir une enveloppe qu'elle tendit à Malko.

– Voilà, il faudrait que cela parvienne le plus vite possible à son destinataire.

Même au bar, elle se méfiait des micros qui devaient d'ailleurs fourmiller dans ce lieu fréquenté par les étrangers.

– Pourquoi ? demanda-t-il.

– Il y a des gens qui s'impatientent, expliqua-t-elle. Ils prétendent que les Américains se moquent de nous. Il faut inverser cette tendance.

– Personne ne se moque de vous, protesta Malko. Simplement, j'ignore si c'est moi qui vais convoyer cette enveloppe.

– Pourquoi n'irais-tu pas ? s'étonna-t-elle.

– Parce que l'aller-retour Pékin-Washington est épuisant. Mais, de toute façon, c'est moi qui te remettrai la réponse.

Ling Sima parut rassurée et se leva sans avoir touché à son thé. Malko la suivit des yeux : elle était tellement emmitouflée qu'elle n'avait plus rien de sexy.

Il ne pouvait pas lui dire que s'il souhaitait rester à Pékin, c'était pour travailler à l'improbable exfiltration de Lou Zhao.

***

Zhong Li était recroquevillée sur un bat-flanc de ciment, enroulée dans son manteau. La pièce, située au troisième sous-sol de l'immeuble du Guoanbu de Dongchang'an, était glaciale.

La Chinoise ignorait l'heure. Après son interrogatoire, on lui avait tout pris : son sac, ses bijoux, sa montre.

Cela avait été horrible, au milieu des cris et des menaces. On l'accusait d'être une espionne, payée par les Américains, de risquer la peine de mort, comme tous les espions.

À la fin, elle n'en pouvait plus, elle aurait dit n'importe quoi. On lui avait fait signer un document qu'elle n'avait même pas lu.

En plus, l'étrange horaire de son amant la perturbait. Avait-il été retrouver une autre femme ? Elle ne voyait pas d'autre explication. Il n'avait quand même pas passé la nuit dans les parties communes de la résidence « Sun City » ! Et pour quelle raison ?

Décidément, c'était la totale.

Aux mains du Guoanbu, elle ne pouvait contacter personne, elle n'existait plus.

Tout cela pour être tombée amoureuse.

Enfin, elle arriva à basculer dans le sommeil, recroquevillée comme une enfant dans le ventre de sa mère.

***

Les visages étaient graves et le responsable de la surveillance de Malko Linge n'osait pas affronter le regard de Zhou Yong Kang. Celui-ci lança d'une voix cassante :

– Expliquez-moi comment cet agent impérialiste

a pu déjouer votre surveillance et ce qu'il a fait durant les heures qu'il a passées à « Sun City » ?

Le responsable des Opérations spéciales, Hua Kinchen, se résolut à répondre.

– Nous savions qu'il était entré à « Sun City » avec une de ses occupantes, Zhong Li. Il s'était déjà rendu chez elle avec le chef de Station de la CIA. Pour un cocktail.

« Nous savions aussi qu'il en était ressorti le lendemain matin et nos hommes en ont déduit qu'il avait passé la nuit dans l'appartement de cette putain. Ce n'est qu'en comparant les entrées et les sorties dans le registre du poste de garde que nous avons découvert la vérité.

« Cet homme est resté quelque part dans la résidence entre deux heures et demie du matin et neuf heures dix.

– Et qu'a-t-il fait ? cingla Zhou Yong Kang.

Un silence gêné accueillit sa question et il continua :

– Vous pouvez me garantir qu'il n'est pas entré dans l'appartement du capitaine Zhao ?

Le policier releva la tête.

– Absolument. Nous avons vérifié les enregistrements des micros.

– Qu'a-t-il fait, alors ?

– Nous l'ignorons. Il l'a peut-être guettée, mais il n'a pas pu lui parler.

Zhou Yong Kang lui lança un regard sévère et martela :

– Il faut éviter à tout prix un contact entre cet agent américain et le capitaine Zhao. Cela pourrait avoir des conséquences désastreuses.

– Nous ne les lâchons pas d'une semelle, assura le policier. Il y a toujours une solution : exfiltrer le capitaine Zhao de son appartement pour un endroit sûr.

– Impossible, laissa tomber Zhou Yong Kang. Nous devons penser aux réactions du général Li Xiao Peng.

« Ce soir même, vos allez interroger le capitaine Zhao quand elle va venir remettre son rapport. Faites-lui peur. Je veux savoir la vérité. Qu'elle s'engage à ne pas parler de cet interrogatoire à son amant.

Il se leva, toujours furieux. Alors qu'ils touchaient au but, les Américains risquaient de découvrir le pot aux roses. Alors qu'eux-mêmes ne savaient toujours pas ce qu'il y avait en préparation. Ignorant qui pouvaient être les participants au complot, ils étaient tenus à une extrême prudence.

***

Lou Zhao sentit son sang se liquéfier dans ses veines. Les deux hommes qui venaient d'entrer dans la pièce étaient ses « interrogateurs » de la prison de Qincheng. Le visage sévère, ils l'encadrèrent.

– Suivez-nous, Capitaine Zhao, nous avons des questions à vous poser.

Quand Lou Zhao se leva, ses jambes se dérobaient sous elle. Elle s'attendait à cela et le redoutait. Les deux hommes la menèrent dans une petite pièce voisine et la firent asseoir sur un tabouret, l'un restant derrière elle, l'autre s'asseyant derrière le bureau. Ostensiblement, il ouvrit son dossier et prit le dernier « rapport » de Lou Zhao.

– Capitaine Zhao, dit-il d'une voix sévère, vous avez omis des éléments importants dans votre récit. Pourquoi ?

Lou Zhao avait les lèvres tellement sèches qu'elle avait du mal à articuler. Le plus fermement qu'elle le put, elle protesta :

– Je n'ai rien omis. Pourquoi me posez-vous cette question ?

– Qu'avez-vous fait, le soir après être rentrée chez vous ?

– J'ai regardé un film et je me suis endormie.

Tout à coup, deux mains se posèrent sur ses épaules et une voix hurla dans ses oreilles.

– Menteuse ! Tu as reçu un agent américain. Ton ami de Tokyo.

Il fallut à Lou Zhao une volonté de fer pour ne pas s'effondrer. Heureusement, elle connaissait maintenant les méthodes du Guoanbu.

– C'est faux ! protesta-t-elle, d'ailleurs, vous l'auriez su, par les micros.

Les épaules crispées, elle attendit les coups.

D'un ton mielleux, l'interrogateur demanda :

– Tu es certaine de ne pas l'avoir vu ailleurs ?

Elle osa relever la tête.

– Où ? Vous me suivez tout le temps.

Il y eut un moment de tension insupportable, puis l'interrogateur debout derrière elle se pencha à son oreille.

– Si tu revois cet homme, tu disparaîtras à jamais. Personne, pas même tes parents, ne saura ce que tu es devenue et ton corps sera dissous dans l'acide. C'est le sort réservé aux ennemis du Parti.

– Je ne suis pas une ennemie du Parti. Je collabore avec vous, osa répliquer la jeune femme.

Il y eut un bref silence puis le second interrogateur lança :

– Bien entendu, tu ne parles de rien au général Li Xiao Peng. Continue à tout nous dire.

Ils se levèrent et sortirent de la pièce. Quand Lou Zhao voulut en faire autant, elle sentit que son slip était humide : de peur, elle avait fait pipi dans sa culotte.

***

Zhong Li se réveilla en sursaut. Deux agents du Guoanbu se tenaient à la porte de sa cellule.

Souriants.

– Viens, dit l'un d'eux. Tes réponses ont été satisfaisantes. Nous allons te ramener chez toi.

Elle les aurait embrassés !

Ne sentant plus la fatigue, elle les suivit dans la cour où attendait une Pajero aux vitres teintées. Elle monta à l'arrière, à côté d'un des deux hommes.

– Je peux fumer ?

– Si tu veux.

Le trajet se passa dans un silence total. Ils n'avaient rien à se dire. Ils avaient dû prévenir le poste de garde de « Sun City » car la barrière se leva immédiatement et la Pajero prit le chemin du parking souterrain. Zhong Li n'avait qu'une idée : prendre un bain et se détendre.

Arrivés dans l'appartement, elle allait dire au revoir aux deux agents du Guoanbu quand l'un demanda :

– On voudrait encore vérifier quelque chose dans ta chambre. Voir si tu ne nous as pas menti.

Au point où elle était, plus vite ils seraient partis, mieux ce serait.

Elle les guida jusqu'à sa chambre, au lit encore défait. Un des policiers ouvrit son placard. Comme Zhong Li le surveillait, elle ne sentit qu'au dernier moment le second se rapprocher d'elle. Il la ceintura, les bras le long du corps. Puis sans effort, il la souleva et la jeta sur le lit.

La première idée de Zhong Li fut qu'ils allaient la violer : c'était courant.

C'est ce qu'on appelait au Guoanbu, les « actes hors procédures »…

Elle ouvrit la bouche pour hurler, mais, aussitôt,

une main puissante lui écrasa le visage dans l'oreiller, la maintenant, tandis que l'autre policier s'asseyait sur son bassin pour l'empêcher de bouger.

Zhong Li se débattit, d'abord furieuse, puis gagnée par la panique. Elle étouffait.

Désespérément, elle mordit l'oreiller, essaya de crier, puis, brusquement, un voile noir passa devant ses yeux et elle perdit connaissance.

Ses deux bourreaux retournèrent son corps sur le dos et l'un d'eux testa sa carotide. Plus aucune circulation : elle avait cessé de vivre.

Ils repartirent de l'appartement. Un paquet de cigarettes de Zhong Nan Hai traînait sur la table. Le policier le rafla : avec sa maigre solde, il n'avait pas les moyens de s'offrir ce genre de cigarettes.

***

Ling Sima reçut des mains de Zhou Yong Kang l'enveloppe cachetée comme si c'était le Saint-Sacrement, l'enfouissant aussitôt dans son sac.

– Nous arrivons au bout du processus, avertit-il. Vous avez été extrêmement efficace.

Elle inclina la tête silencieusement. Puis le Chinois enchaîna :

– J'aurai encore une mission pour vous, ce sera la dernière.

– Je la remplirai de mon mieux, promit Ling Sima.

– Voilà de quoi il s'agit.

La Chinoise l'écouta sans l'interrompre, ni manifester quoi que ce soit.

– Ce sera la dernière mission, conclut Zhou Yong Kang, ensuite, vous jouirez d'un repos bien gagné.

Ling Sima se leva, s'inclina et prit congé.

Resté seul, Zhou Yong Kang regarda pensivement les rapports de ses collaborateurs. Personne n'était au courant de la décision qu'il venait de prendre et personne ne le saurait jamais...

Il avait décidé qu'arrivant au bout du processus avec les Américains, il y avait des risques qu'il ne pouvait pas prendre.

***

Malko était inquiet : depuis trois jours, il n'était pas arrivé à joindre Zhong Li. Il n'osait pas appeler son bureau. Le silence de la jeune femme était étrange. Même si elle ne souhaitait pas continuer son aventure, pourquoi ne plus lui parler ?

Al Snyder, assis, en face de lui, lui jeta :

– Vous n'avez pas l'air dans votre assiette.

– Non, dit Malko. Je n'ai aucune nouvelle de Zhong Li.

L'Américain sourit.

– Elle a honte. C'est souvent le cas avec les Chinoises.

– C'est bizarre, fit Malko, je ne l'ai pas violée, elle était plus que consentante. Et je suis sûr qu'elle a eu d'autres aventures.

– Vous n'avez plus besoin d'elle, trancha le chef de Station de la CIA. C'est secondaire. Désormais, vous avez le contact avec Lou Zhao, ce qui est formidable. Vous avez appris une chose essentielle : les Chinois essaient de nous baiser. Mais, si vous voulez, je peux faire appeler son bureau. Nous avons des relations mondaines, ils me connaissent.

– Cela me ferait plaisir, reconnut Malko.

L'Américain appela sa secrétaire et reprit sa conversation avec Malko.

Cinq minutes plus tard, la secrétaire rappela. Malko vit Al Snyder pâlir, ses traits se tendre. Il raccrocha et fixa Malko avec un regard désemparé.

– Zhong Li est morte, annonça-t-il. On l'a retrouvée étouffée dans son appartement. La police a interrogé les vigiles qui disent que, la nuit dernière, elle est rentrée avec un homme qui est parti au milieu de la nuit. Ils pensent que c'est lui qui l'a tuée. Elle était à moitié déshabillée. Il s'agirait d'une tentative de viol.

Malko avait la gorge serrée.

– Vous savez bien que ce n'est pas vrai, coupa-t-il. Les vigiles, *aussi*, travaillent avec le Guoanbu. Ils l'ont tuée, comme Me Meng Chao Li. Parce qu'involontairement, elle m'a rendu service.

L'Américain hocha la tête et laissa tomber :

– Je crains que vous n'ayez raison, mais on ne peut rien faire. C'est un dommage collatéral.

Malko lui aurait sauté à la gorge, revoyant la façon dont la jeune femme s'était donnée à lui. Une âme pure.

– Ce n'est pas un « dommage collatéral », dit-il. C'était une femme sensible que j'ai manipulée. Je suis responsable de sa mort.

Le chef de Station haussa les épaules.

– Je comprends ce que vous éprouvez. Zhong Li est une victime, c'est vrai. Comme il y en a dans toutes les guerres. Or, nous sommes en guerre.

» Ceci dit, c'est inquiétant. Pour vous.

– Pour moi ?

– Oui. Apparemment, les Chinois sont très nerveux. Parce que vous tournez autour de Lou Zhao. Eux savent qu'elle détient un secret qui peut faire s'écrouler toute leur manip, mais je pense qu'ils ignorent encore que vous avez établi le contact.

« Si j'étais vous, après avoir récupéré la réponse chinoise à la proposition de la Maison Blanche, je partirais et je ne reviendrais pas.

Malko secoua la tête.

– Non, ou bien je ne partirai pas, ou je reviendrai.

– Pourquoi ?

– Je suis certain qu'ils liquideront Lou Zhao, dans tous les cas. Elle en sait trop.

– C'est possible, reconnut Al Snyder.

– Donc, je ferai tout ce que je peux pour l'arracher au Guoanbu. Ce devrait être aussi votre souci.

Al Snyder soupira :

– Ce n'est pas mon affaire. Je n'ai aucune instruction dans ce sens et, en plus, je crois que c'est impossible.

– On verra, dit Malko, en se levant.

L'Américain lui jeta un regard incisif.

– Attendez !

Il ouvrit un tiroir de son bureau et en sortit un pistolet automatique.

– C'est mon arme de service. Elle dort dans ce bureau depuis mon arrivée. Prenez-la. On ne sait jamais.

Malko prit le Glock 28 et le glissa dans sa ceinture, à la hauteur de la colonne vertébrale. Sans savoir si cela l'aiderait à sauver Lou Zhao.

L'Américain lui jeta :

– Les Chinois n'oseront rien faire officiellement contre vous, à cause de votre statut : ils ne peuvent que vous expulser. Mais un accident est vite arrivé.

« Ne risquez pas votre vie pour Lou Zhao. Ce n'était qu'un agent stipendié.

Malko lui expédia un sourire de défiance :

– Je risque ma vie pour qui je veux.

CHAPITRE XVIII

On aurait entendu voler une mouche : John Mulligan venait de finir de lire le rapport de Ted Boteler sur le contact entre Malko et Lou Zhao. Il leva la tête et dit simplement :

– Ces Chinois sont vraiment forts.

Ted Boteler explosa :

– Ce sont des *mothers fuckers* [1] ! Si on n'avait pas appris cela, ils nous baisaient.

– Je remercierai Malko Linge, promit le *Special Advisor for Security*. Mais, pour le moment, il y a mieux à faire.

– Quoi ? Malko a récupéré la réponse des Chinois. Il doit nous l'apporter.

– Dites-lui de ne rien faire, ordonna John Mulligan. Qu'il reste à Pékin.

– Pour quoi faire ? Vous allez leur répondre ?

– Oui, bien sûr, il faut les endormir. Mais je voudrai faire mieux.

1. Enculés !

– Quoi ?

– Récupérer ce général Li Xiao Peng.

Ted Boteler crut avoir mal entendu.

– Mais, c'est impossible, protesta-t-il. C'est un des officiers supérieurs chinois les mieux notés. Il ne va jamais faire défection.

John Mulligan sourit :

– *Never say never* [1]. Les gens font défection pour différentes raisons : l'argent, l'idéologie et l'amour. Dans le cas présent, c'est ce dernier élément qui pourrait jouer. *Nous* savons que cette histoire va mal se terminer pour le capitaine Lou Zhao. Le Guoanbu ne lui pardonnera pas. Il faudrait faire passer le message à son amant, le général Li Xiao Peng. D'après Malko, il est fou amoureux de cette jeune femme.

Le patron de la Division des Plans faillit dire à John Mulligan qu'il avait perdu la raison, mais le respect le paralysa. Il se contenta de laisser tomber :

– C'est une tâche pratiquement impossible : pour des raisons matérielles d'abord. Comment sortir de Chine ? Au cas hautement improbable où on convaincrait le général Li Xiao Peng de nous rejoindre.

– En lui faisant peur, expliqua John Mulligan. Le Guoanbu le surveille et le soupçonne. Pour lui aussi cela peut se terminer mal.

1. Ne dites jamais, jamais.

« Une seule personne peut lui parler : le capitaine Zhao. Or, Malko Linge a le contact avec elle.

Ted Boteler s'était tassé sur lui-même, effondré. La Maison Blanche avait perdu la raison. Cependant le respect hiérarchique s'imposait.

– Que suggérez-vous ? demanda-t-il.

– Demandez au chef de Station de Pékin de faire convoyer la réponse chinoise par un « case-officer ». Que Malko reste à Pékin. Et qu'il essaie de retourner les choses en notre faveur.

Il se tut et alluma un cigare.

Quand Ted Boteler sortit de son bureau, il avait l'impression d'avoir vieilli de dix ans. Grisé par la découverte de la duperie chinoise, John Mulligan avait pété les plombs et se lançait dans un combat perdu d'avance.

Qui risquait de lui coûter un de ses meilleurs agents.

***

– Vous ne partez plus, annonça Al Snyder d'un ton lugubre. Mon « *deputy* » va convoyer cette foutue lettre jusqu'à Washington. Et, en plus, vous avez des instructions !

Il tendit à Malko le message de Ted Boteler. Lorsque Malko l'eut lu, un pâle sourire éclaira son visage.

– Apparemment, dit-il, nous sommes deux à avoir perdu la raison.

Al Snyder ne releva pas, se contentant de demander :

– Qu'allez-vous faire ? Désormais, j'ai le devoir de vous aider : la Station est à votre service. Je pense que Washington va prendre son temps pour donner sa réponse. Ils sont moins nerveux, désormais.

– Probablement, reconnut Malko. Mon problème est d'organiser un nouveau contact avec Lou Zhao. Et cela ne va pas être facile. Ensuite, je ne réponds plus des événements.

– Je prie pour vous, fit respectueusement Al Snyder. Mais, souvenez-vous que si les chats ont sept vies, vous n'en avez qu'une.

*
* *

Lou Zhao attendit que son « interrogateur » ait fini de lire son rapport de la soirée de la veille pour demander d'un ton égal :

– Vous avez lu que Li m'a proposé de l'accompagner dans sa prochaine tournée d'inspection. Quelle doit être ma réponse ?

L'agent du Guoanbu n'hésita pas.

– Vous acceptez, bien sûr. Vous risquez d'apprendre des choses intéressantes au cours de ce voyage.

Ce déplacement éloignait aussi la jeune femme de Pékin, donc de l'agent de la CIA.

C'était pain béni.

Lou Zhao fut contente de le satisfaire à peu de frais. Elle aussi était contente de voyager un peu. Elle sauta sur l'occasion et annonça d'une voix ferme :

– Avant de partir, je veux rencontrer mes parents.

Ils s'affrontèrent du regard, puis l'homme du Guoanbu comprit qu'il n'était pas en position de force. Lou Zhao pouvait très bien refuser de partir, sans risquer de sanction.

– Je vais voir ce que je peux faire, promit-il.

***

Malko avait beau se creuser la tête, il ne voyait pas le moyen d'arracher Lou Zhao aux griffes du Guoanbu. Elle était désormais encore plus étroitement surveillée. À la rigueur il pourrait la rencontrer. Mais ensuite ? La CIA ne disposait pas d'une filière d'exfiltration et la perspective de se réfugier à l'ambassade américaine pour un temps indéterminé ne l'enchantait pas.

La sonnerie de son portable l'arracha à ses pensées moroses. C'était Ling Sima.

– Quelles nouvelles ? demanda-t-elle.

– La lettre part, mais sans moi, annonça Malko. J'ai besoin d'un peu de repos.

Il y eut un « blanc » à l'autre bout du fil. Puis Ling Sima dit d'une voix chaude :

– C'est une bonne nouvelle.

– Pourquoi ?

– J'avais envie de te voir. Tu te souviens de l'hôtel où nous nous sommes rencontrés pour la dernière fois ?

– Oui.

– Je t'attendrai là-bas demain à trois heures. Dans la même chambre.

Malko fixa le portable longuement après qu'elle eut raccroché. Se disant qu'il aurait dû dire « non ». Comme il avait bien joué son rôle de messager, on le récompensait.

Avec Ling Sima.

Il ne voulait pas se l'avouer, mais la perspective de lui faire l'amour le faisait encore fantasmer. D'autant que ce serait probablement pour la dernière fois.

*
* *

John Mulligan venait d'ouvrir l'enveloppe apportée par Mark Spencer, le « *deputy* » de Al Snyder. Il la parcourut rapidement puis appela le Bureau Ovale, la secrétaire du président des États-Unis.

– Lorsque le Président sera libre, annonça-t-il, j'ai besoin de m'entretenir avec lui un quart d'heure.

La secrétaire le rappela quarante-cinq minutes plus tard.

– Le Président vous attend.

Barack Obama était en bras de chemise, dans le Bureau Ovale toujours surchauffé. John Mulligan posa devant lui la réponse des Chinois et le laissa lire.

Quelques minutes plus tard, le président des États-Unis releva la tête avec un sourire sardonique.

– Ils ne doutent de rien…

John Mulligan se permit de dire :

– Mister President, si nous ne savions pas ce que nous avons appris récemment grâce à notre agent à Pékin, nous ne serions pas aussi *cool*.

– C'est vrai ! reconnut Barack Obama.

– Quelles sont vos instructions, Mister President ?

– Y a-t-il une chance que notre agent à Pékin obtienne plus ?

– C'est ce que nous lui avons demandé.

– Dans ce cas, préparez une réponse dilatoire, mais pas trop, exigeant en l'échange d'un document signé de moi, un autre signé d'un haut responsable chinois. Que la lettre parte par le même moyen.

John Mulligan se leva et allait se retirer lorsqu'il osa demander :

– Mister President, dans d'autres circonstances, auriez-vous signé cette lettre ?

Barack Obama montra ses dents éblouissantes dans un sourire carnassier.

– *No, over my dead body*[1]. Même s'il avait fallu se battre.

***

Malko avait gardé l'adresse de l'hôtel appartenant au Guoanbu et n'eut aucun mal à trouver un taxi. Il était deux heures et demie.

Il s'était juré de se montrer froid avec Ling Sima, de ne pas se conduire comme un caniche attiré par un morceau de sucre, même si celui-ci était un *très* beau morceau de sucre…

Un vent encore plus glacial balayait la cour du Hu-Tong. Cette fois, il n'y avait personne dans le bureau vitré. Il gagna la chambre où il avait déjà rencontré Ling Sima. Rien n'avait bougé. Il ôta son manteau de vigogne et frissonna. La pièce n'avait pas dû être chauffée depuis le début du siècle, en dépit du magnifique poêle en faïence, à l'ancienne.

Avant de voir Ling Sima, il entendit le martèlement de ses hauts talons sur le sol de pierre.

Lorsque la jeune femme poussa la porte de la chambre, il eut quand même un choc.

Son long manteau de cuir ouvert révélait une robe chinoise noire avec des parements dorés, très décolletée, contrairement à la coutume, découvrant la plus grande partie de ses seins magnifiques. La robe

1. Non, il aurait fallu passer sur mon cadavre.

était largement fendue sur le côté droit, presque jusqu'à l'aine. Découvrant le haut des bas noirs plongeant dans les escarpins à très hauts talons.

Une vraie tenue de séductrice.

Furieux, Malko se sentit fondre, le ventre en feu. C'était quand même une superbe femelle.

Ling Sima marcha sur lui et lui sourit.

– Je te devais bien cela, dit-elle.

Vexé, Malko rétorqua :

– Et si je ne te faisais pas l'amour ?

Ling Sima fit la moue.

– Tu aurais tort. Parce que moi, j'en ai très envie.

Joignant le geste à la parole, elle vint s'appuyer contre lui, les yeux dans les siens.

La tiédeur de son corps fit fondre les réticences de Malko. Il passa un bras autour de sa taille et elle s'appuya encore plus contre lui.

C'est elle qui l'embrassa.

De tout son corps. Comme si chacune de ses cellules venait au devant des siennes. C'est presque malgré lui qu'il sentit son sexe gonfler.

D'un geste automatique, il posa la main sur la cuisse droite de Ling Sima et remonta suivant la fente de la robe. La Chinoise arracha sa bouche de la sienne pour dire à voix basse :

– Tu aimes ma robe ?

– Elle est superbe.

– Si tu veux, je ne l'enlève pas.

Ling Sima connaissait ses goûts sophistiqués. Un

jour, Alexandra lui avait dit : « il n'y a que les pauvres et les animaux qui font l'amour tout nu. »

Il était déjà remonté jusqu'à son ventre et la caressait à travers le nylon. Il sentit très vite l'humidité qui suintait d'elle.

Ling Sima était vraiment venue par plaisir. Cette idée augmenta son désir. Délicatement, il fit glisser le triangle de nylon noir et plongea dans le ventre humide.

Ling Sima haletait.

Pourtant, c'est elle qui recula et murmura :

– Baise-moi. Tu sais bien que c'est ce que je préfère.

C'était vrai.

D'elle-même, elle s'allongea sur le lit et Malko fit ce qu'elle lui avait suggéré : il la fit s'agenouiller et se plaça derrière elle, relevant la longue robe jusqu'à la taille, découvrant la chute de reins qu'il avait si souvent honorée.

– Baise-moi ! répéta Ling Sima.

Il s'enfonça d'un trait dans son ventre, saisi par la chaleur de son antre. Il eut l'impression de lui cogner la matrice, tant il avait poussé avec violence.

Ling Sima poussa un gémissement étranglé. Malko la défonçait de toutes ses forces, les deux mains crispées dans la soie de la robe troussée.

Il se retira, juste avant d'exploser et guida son sexe vers le haut. Il allait violer les reins de la Chinoise lorsque Ling Sima lança d'une voix étranglée :

– Attends ! Tu le feras après. J'ai envie d'autre chose tout de suite.

Déjà, elle se retournait et retombait sur le lit, les jambes grandes ouvertes, se remettant aussitôt à genoux.

– Mets-toi sur le dos, dit-elle, je vais me planter sur toi. J'ai très envie.

Il obéit, étonné, n'ayant jamais fait l'amour avec elle de cette façon-là.

Ling Sima l'enjamba, prit son sexe et se l'enfonça au fond du ventre, en se laissant tomber sur lui. À l'expression de ses yeux, Malko vit qu'elle en éprouvait un plaisir extrême.

– Prends-moi les seins ! souffla-t-elle. Maltraite-les.

Il enfonça les doigts dans la soie noire, sentant les pointes dures comme des crayons. Ling Sima continuait à monter et à descendre sur lui, s'empalant de toutes ses forces, le buste très droit.

Malko aurait voulu que cela dure indéfiniment.

Puis, brusquement la Chinoise se laissa tomber en avant, essoufflée. Ses mains se posèrent sur les épaules de Malko.

– Continue ! dit-elle.

Les mains de la Chinoise remontèrent, atteignant la gorge de Malko. Un contact soyeux et tiède. Il se sentait partir.

Soudain, les deux index de Ling Sima pressèrent violemment ses carotides. Il lutta quelques secondes puis se sentit perdre connaissance, le cerveau n'étant plus irrigué.

Un truc vieux comme le monde.

Avant de basculer dans l'inconscience, il eut le temps de penser qu'on oubliait toujours Dalila.

CHAPITRE XIX

Quand Malko rouvrit les yeux, il ignorait combien de temps s'était écoulé. Il lui fallut quelques secondes pour réaliser la situation. Ling Sima était toujours à cheval sur lui. Sa main gauche enserrait sa gorge, mais moins fort, ce qui lui avait permis de reprendre connaissance.

Il la vit accomplir quelque chose qu'il ne comprit d'abord pas.

Tout le corps de la Chinoise s'inclinait sur la droite, comme si elle allait tomber sur le côté.

Le reste se passa à la vitesse de l'éclair. Ling Sima se redressa, serrant dans sa main droite quelque chose qui ressemblait à un tournevis.

Elle leva le bras et l'abattit de toutes ses forces, visant la poitrine de Malko.

Celui-ci, encore à demi-inconscient, d'un mouvement réflexe, lança son bras gauche qui heurta le bras droit de la Chinoise, détournant son coup.

Au lieu de s'enfoncer dans le corps de Malko, la longue pointe se ficha dans le couvre-lit, disparaissant dans le matelas de près de vingt centimètres ! Au moment où Ling Sima arrachait son arme du matelas dans l'intention visible de frapper de nouveau, le cerveau de Malko se remit à fonctionner, à nouveau irrigué d'oxygène.

D'une secousse violente, il désarçonna Ling Sima qui tomba sur le côté, sans lâcher son pic à glace.

Elle était encore à genoux quand Malko bondit du lit et fonça vers la chaise où il avait posé son pardessus de vigogne. Le Glock se trouvait dans la poche intérieure. Il était en train d'en saisir la crosse quand il vit Ling Sima plonger vers son sac.

Ils se retrouvèrent quelques secondes plus tard face à face. Ling Sima brandissant un long pistolet automatique prolongé d'un silencieux, Malko, son Glock. Ils auraient pu tirer ensemble, mais aucun de le fit. Ils demeurèrent dans la même position, chacun menaçant l'autre. Malko nu, Ling Sima toujours en robe.

Le silence se prolongea quelques instants, puis, sans baisser son arme, Malko demanda d'une voix étranglée :

– Pourquoi as-tu voulu me tuer ?

D'abord, Ling Sima ne répondit pas, puis lâcha d'une voix blanche :

– Laisse-moi partir.

Elle était livide et, si sa main droite ne tremblait pas, Malko pouvait voir la panique dans ses yeux sombres.

– Pose ton arme d'abord, dit-il.

– Tu vas me tuer.

– Non. Tu sais bien que non.

Ils se défièrent encore du regard puis, lentement, Ling Sima baissa son bras droit, hésita, et finalement posa son automatique sur le lit.

– Ce sont eux qui t'ont dit de me tuer ? demanda Malko.

Ling Sima secoua la tête.

– Personne ne m'a dit de te tuer. Il y a longtemps que je voulais le faire.

– Pourquoi ?

– Tu m'as ridiculisée, forcée à te partager avec d'autres femmes.

Cela paraissait presque vrai.

Malko était partagé entre plusieurs sentiments. Une immense tristesse d'abord : son histoire avec Ling Sima venait de prendre fin. Définitivement.

La jeune femme rafla sa culotte et la fourra dans son sac, jetant le pistolet par-dessus. Ensuite, elle se redressa et jeta à Malko, toujours debout entre la porte et elle :

– Maintenant, laisse-moi partir !

Il hésita.

Puis s'écarta.

La dernière image qu'il eut de Ling Sima fut un envol de manteau de cuir noir qui s'enfuyait littéralement.

Sonné, il se rhabilla. S'il avait repris conscience

une seconde plus tard, Ling Sima lui transperçait le cœur avec son pic à glace.

Pourquoi ?

La fable qu'elle lui avait servie était risible. C'est *forcément* sur l'ordre du Guoanbu qu'elle avait tenté de le tuer. Pourquoi : cela ne servait plus à rien. Les Américains savaient la vérité sur « *Red Dragon* ». Soudain, Malko réalisa que le Guoanbu ignorait encore qu'il avait eu un contact avec Lou Zhao. On avait voulu le tuer pour empêcher ce contact.

Comme un automate, il passa son manteau, puis ramassa le pic à glace qu'il glissa à l'intérieur. En sortant de la cour carrée, il s'attendait à tomber sur une meute d'agents du Guoanbu, mais la rue était vide. Il dut marcher deux cents mètres avant de trouver un taxi et de lui montrer l'adresse de l'ambassade américaine.

***

– Il n'y a qu'une explication, avança Al Snyder : vous avez raison, ils ignorent que vous avez été en contact avec Lou Zhao et sont prêts à n'importe quoi pour vous empêcher de le faire. Comme ils ne peuvent pas vous arrêter, à cause de votre statut de diplomate, ni vous expulser, parce qu'ils attendent la réponse de la Maison Blanche, ils emploient un moyen détourné.

« Si Ling Sima avait réussi son coup, on aurait parlé de crime passionnel.

– C'est vraisemblable, approuva Malko.

– Si vous n'aviez pas eu *mon* pistolet, vous étiez mort, conclut l'Américain. Ling Sima vous aurait abattu sans hésiter. Elle était là pour cela. On aurait échafaudé une autre version ou ils vous auraient fait disparaître.

Malko but une gorgée de café. Il était encore sous le choc. Le double choc : celui de la trahison de Ling Sima et celui d'avoir frôlé la mort.

Si la Chinoise n'avait pas relâché sa pression sur ses carotides pour prendre son pic à glace, il n'aurait pas repris connaissance.

Il sortit de son manteau de vigogne le pic à glace et le posa sur le bureau du chef de Station de la CIA.

– Envoyez-le à Langley, pour leur musée, dit-il.

– Qu'est-ce que vous allez faire ?

– Je ne sais pas encore. Plus que jamais, je dois joindre à nouveau Lou Zhao.

– Comment ?

Malko avait réfléchi à la question.

– Disposez-vous de boîtes aux lettres mortes à Pékin ?

– J'en ai eu, mais elles ne sont pas en service.

– On peut les réactiver ?

– Certaines, oui.

– Réfléchissez. On en reparle demain. J'en ai assez pour ce soir.

***

Lorsqu'il pénétra dans le Kempinski, il était encore dans les brumes. L'appétit coupé. Depuis le début de cette histoire, les morts s'accumulaient et il avait failli s'ajouter à la liste.

Il allait monter dans l'ascenseur lorsque la pute chinoise qui l'avait déjà dragué monta avec lui, avec un sourire engageant. Elle avait une grosse bouche et une poitrine majestueuse, sûrement refaite.

Avec son sourire timide, elle demanda :

– *You alone ? I can give you good fun. Only three hundred dollars* [1].

Malko la regarda longuement, puis laissa tomber : *OK, you follow me* [2].

Quand ils descendirent au seizième étage, à peine entré dans sa chambre, il tira de sa poche trois billets de cent dollars, les tendit à la fille, ôta son manteau et se laissa tomber dans un fauteuil.

– *Suck me off and you go* [3].

Il avait besoin de se laver le cerveau.

***

Ling Sima avait du mal à garder son impassibilité. En sortant de l'hôtel où elle avait rencontré

1. Vous êtes seul ? Je peux vous donner quelque chose d'agréable. Seulement 300 dollars.
2. OK, suivez-moi.
3. Tu me suces et tu t'en vas.

Malko, elle était rentrée immédiatement au Guoanbu et avait demandé à voir son responsable.

Bien entendu, ce dernier était déjà au courant de ce qui s'était passé, grâce aux micros placés dans la chambre, renforcés d'une caméra dissimulée dans le plafond. Il accueillit Ling Sima froidement, mais sans hostilité.

– Vous avez fait ce que vous deviez, conclut-il. Il aurait peut-être fallu organiser les choses autrement.

– Je ne pensais pas qu'il reprendrait conscience si rapidement, expliqua la jeune femme. Il fallait déguiser cette action en crime passionnel.

L'homme hocha la tête.

– Je sais. C'est peut-être de ma faute. De toute façon, je pense que vous êtes désormais hors circuit. Prenez quelques jours de repos avant de revenir me voir. Nous vous trouverons une autre affectation.

Ling Sima n'osa pas demander qui allait reprendre son rôle. Elle ne se sentait pas bien dans sa peau. Lorsqu'elle se retrouva dans la cour, la tête lui tournait. Comme si elle avait agi dans un état second. Lorsque le Guoanbu lui avait demandé d'assassiner Malko, elle n'avait pas pu dire « non ».

Le risque était trop grand pour elle.

Maintenant, elle réalisait qu'elle venait de fermer la porte sur toute une tranche de sa vie. Même si, par miracle, elle revoyait Malko, leurs rapports ne seraient plus les mêmes. Elle lui avait montré que son attachement pour lui avait des limites.

Elle réalisa soudain que quelque chose allait lui manquer.

***

Zhou Yongkang avait été mis au courant de l'échec de l'élimination de Malko Linge. C'était fâcheux, mais il ne pourrait pas en tirer de conséquences graves.

Simplement, il serait d'autant plus sur ses gardes.

Ce qui était important désormais, était de dissocier cette action violente du processus de négociation. Les Américains comprendraient que les Chinois ne voulaient pas qu'ils interfèrent dans leur gestion intérieure, c'est-à-dire la récupération éventuelle de Lou Zhao, mais que le centre du problème continuait à être traité. Pour cela, il allait mentir. Mentir très bien.

Il avait noté quelque chose : désormais, l'agent de la CIA était armé. Ce qui lui avait sauvé la vie : Ling Sima avait l'ordre de l'abattre si sa tentative échouait.

Pourquoi était-il armé ?

Il n'y avait qu'une solution à ses problèmes : accélérer la signature de l'accord.

***

Malko avait dormi tard. Le choc du retournement de Ling Sima l'avait marqué et l'intermède avec la jeune prostituée ne l'avait que partiellement calmé.

C'était juste le besoin d'une évasion physique.

Maintenant, le problème restait entier : sauver Lou Zhao.

Pour cela, il devait de nouveau parler avec elle. Trouver un moyen de l'escamoter. Sachant désormais que le Guoanbu n'hésiterait pas à attenter à sa vie. Pour protéger Lou Zhao. Une de ses craintes avait disparue : il ne craignait plus que le Guoanbu la fasse disparaître. Ils avaient besoin d'elle pour savoir, à travers le général Li Xiao Peng, la vérité sur « *Red Dragon* ». La panique des Chinois indiquait une crise interne profonde du Parti, que personne n'avait soupçonnée. Pour qu'ils puissent imaginer qu'une partie de l'armée, alliée à des membres du Parti, puissent monter une telle opération, en contradiction formelle avec la politique de la Chine, montrait que le pouvoir de Pékin était divisé.

Des faits que personne ne soupçonnait.

Le téléphone de l'hôtel le fit sursauter.

La voix impersonnelle d'un employé de la réception annonça :

– Un gentleman désire vous parler. Il se trouve au bar.

Malko n'attendait personne, mais répondit qu'il descendait.

Qui pouvait être cet inconnu ?

***

À peine fut-il sorti de l'ascenseur qu'un homme quitta une des tables en face du bar vitré et marcha vers lui.

Un Chinois, vêtu de noir, les cheveux rejetés en arrière, sans âge véritable, le visage aussi inexpressif qu'une momie. Un vrai croquemort.

Il s'arrêta à un mètre de Malko, s'inclina profondément et dit en excellent anglais :

– Je m'appelle Xao Keng et je souhaiterai avoir un bref entretien avec vous.

Ils retournèrent à une table, à l'écart. Dès qu'ils furent assis, le Chinois se pencha vers Malko.

– J'appartiens au Ministère de la Sécurité d'État et mes supérieurs m'ont demandé de venir vous présenter les excuses de notre Service.

Malko le regarda, interloqué.

– Quelles excuses ?

– Pour ce qui s'est passé hier. Nous sommes extrêmement confus : la personne qui avait le contact avec vous a perdu la tête, elle a laissé parler ses sentiments. C'est impardonnable. Bien entendu, elle sera punie pour cette faute et je suis chargé de vous dire que mon Ministère vous souhaite mille ans de bonheur.

C'était surréaliste.

Malko arriva à garder son sérieux. Décidément, le Guoanbu ne reculait devant rien.

Droit comme un parapluie, le Chinois le fixait de ses yeux inexpressifs.

– J'accepte vos excuses, dit-il, pour ne pas le vexer, mais vous n'y êtes pour rien. Les femmes sont parfois imprévisibles, comme les requins.

Autant entrer dans leur jeu.

Xao Keng laissa passer quelques secondes puis annonça :

– Si vous êtes d'accord, c'est moi qui serai désormais chargé des contacts avec vous.

– J'en suis ravi, assura Malko.

Rassuré, le Chinois enchaîna :

– Je vous recontacterai bientôt car j'aurai un document à vous remettre.

Il se leva, s'inclina comme s'il était monté sur ressort et s'éloigna vers la sortie d'un pas raide, automate du Parti qui devait lui dicter ses pensées les plus secrètes.

Malko commanda un expresso. Cette visite avait un côté positif. Les Chinois voulaient éviter la rupture et pensaient qu'ils avaient établi autour de Lou Zhao un cordon infranchissable.

Une ligne Maginot déjà contournée.

Il restait à Malko à mettre son plan en action.

CHAPITRE XX

– Je crois que j'ai trouvé ce que vous cherchez, annonça Al Snyder.

– Une boîte aux lettres morte ? interrogea Malko, qui avait rejoint l'ambassade américaine après son entretien avec l'envoyé du Guoanbu.

– Non, mieux. Quelque chose que nous avons utilisé pour certains contacts avec des dissidents. Je pense que les Chinois n'ont pas encore éventé la combine.

– De quoi s'agit-il ?

Le cinéma Megabox dans le quartier de Sanlitun, qui se trouve en sous-sol et passe des films étrangers récents. C'est le refuge de la jeunesse dorée de Pékin, en dépit de son prix, 120 yuans, ce qui est hors de prix pour ici.

« Cela, parce que les accoudoirs des fauteuils se relèvent et qu'ils peuvent flirter tranquillement. Ce qui est impossible dans les parcs de Pékin.

« Les gens arrivent à n'importe quelle heure, sans souci du début du film.

« Là-bas, on peut tenir une conversation, personne ne s'intéresse à vous.

« Évidemment cela suppose deux choses : d'abord que vous puissiez avertir Lou Zhao du rendez-vous. Ensuite, au moins *une* rupture de filature. Je crois que, du côté Lou Zhao, elle n'y arrivera pas.

« Donc, personne ne doit savoir que vous y allez aussi et vous devez arriver largement *avant* elle et y demeurer le temps qu'il faudra.

– Pour le premier point, répondit Malko, je n'ai pas encore la réponse, mais pour la rupture de filature, j'aurais besoin de vous.

– La méthode que nous utilisons le plus, expliqua le chef de Station de la CIA est de partir d'ici en voiture, de prendre le métro et de descendre à une autre station où une voiture vous attendra.

« Les gens qui vous suivent n'auront pas le temps de s'organiser. Le danger est qu'ils signalent immédiatement votre disparition à leur QG et qu'ils redoublent de surveillance sur Lou Zhao.

– Si je lui envoie un SMS pour fixer le rendez-vous ? suggéra Malko.

Al Snyder eut un sourire ironique.

– Vous aurez tout le Guoanbu à l'arrivée. Son portable est forcément sur écoute et ils interceptent facilement les SMS.

Tout cela n'était pas brillant.

Privé de l'aide involontaire de Zhong Li, Malko

n'avait plus la possibilité de pénétrer dans la résidence « *Sun City* ». Il ne restait qu'un moyen.

– Et le courrier ? demanda-t-il.

L'Américain fit la moue.

– Ils peuvent l'intercepter, mais pas systématiquement. Il faudrait « habiller » la lettre de façon à ce qu'elle n'éveille pas les soupçons. Il y a une chance que cela passe.

– Votre T.D. [1] peut m'arranger cela ?

– Sûrement. Cela prendra vingt-quatre heures. Il faut que cela vienne d'un organisme neutre et que cela semble naturel. On va y réfléchir.

– OK, conclut Malko, on ne pourra pas faire de miracles à répétition. Pour l'avenir, j'ai aussi besoin d'une boîte aux lettres morte.

– Nous avions creusé un banc dans le parc Bei-Hai, proposa Al Snyder. C'est une BALM que nous n'avons pas utilisée depuis longtemps, mais elle est toujours valable.

– OK, faites-moi une note pour la situer et croisons les doigts. Dès que le reste est prêt, vous me prévenez. Combien de temps met le courrier à Pékin ?

– Un jour ou deux. J'ai une idée ! On va habiller cela en convocation de la copropriété.

Malko quitta l'ambassade, un peu rasséréné. Cela commençait à prendre forme, même s'il y avait encore d'énormes obstacles à vaincre.

1. Technical Department.

***

Li Xiao Peng semblait particulièrement de bonne humeur. Ce n'était pas à cause du repas sophistiqué que Lou Zhao lui avait préparé. Les petits foies de canard froids, des œufs de cane très épicés, à la Sechouan, et, pour finir, une soupe claire aux langues de canard.

Il acheva de nettoyer les plats, posa ses baguettes, et annonça :

– As-tu réfléchi au voyage que je t'ai proposé ?

Lou Zhao hocha la tête affirmativement.

– Oui, je vais me débrouiller avec ma boîte. Je pourrai t'accompagner.

L'amant de Lou Zhao se leva pour venir l'étreindre.

– C'est formidable : nous allons pouvoir rester quelques jours ensemble.

– Cela ne va pas te poser de problème ? interrogea la jeune femme.

Li Xiao Peng se rengorgea.

– Bien sûr, c'est interdit, mais j'ai mon avion et même le commissaire politique de la base va fermer les yeux. Beaucoup de dignitaires du Parti en font autant.

– Quand partiras-tu ?

– Je ne sais pas encore. Il faut faire terminer des préparatifs pour les gens que je vais rencontrer.

D'ailleurs, cette inspection m'a été demandée par l'état-major. Donc, il n'y a pas de problème.

Il était si content que, sans attendre le dessert, il prit Lou par la main et l'entraîna jusqu'à la chambre.

Pendant qu'il lui faisait l'amour il ne cessa de lui murmurer des mots tendres, ce qui était inhabituel chez lui. Du coup, Lou Zhao se sentit un peu plus détendue.

Pourtant, une pensée l'obsédait : comment tout cela allait-il finir ?

***

De nouveau, Xao Keng attendait au bar du Kempinski, raide comme un parapluie, après s'être fait annoncer au téléphone. Malko gagna sa table et le Chinois se leva, comme mû par un ressort.

Courbette, sourire maladroit, puis, à peine rassis, il tira de sa poche une enveloppe qu'il tendit à Malko.

– Ceci doit parvenir aux autorités de votre pays, le plus rapidement possible, avec une discrétion maxima.

Malko nota qu'il le prenait pour un Américain. C'était donc la réponse du Parti Communiste chinois à la proposition de la Maison Blanche. En dépit de son aspect falot, Xao Keng devait occuper un rang assez élevé au Guoanbu pour qu'on lui ait confié une mission aussi sensible.

Il prit l'enveloppe et la glissa dans sa poche.

– Ce sera fait, assura-t-il. Ou par moi, ou par une personne de confiance.

Xao Keng se leva de nouveau, effectua sa courbette et s'éloigna.

***

Malko tendit l'enveloppe scellée à Al Snyder. Le chef de Station de la CIA à Pékin la soupesa avec un sourire ironique.

– Je voudrais bien en connaître le contenu ! Les Chinois continuent à foncer dans le mur en klaxonnant mais ils ne le savent pas encore. Je suppose que vous ne souhaitez pas la porter vous-même ?

– Vous savez bien que j'ai mieux à faire ici, répliqua Malko.

L'Américain lui tendit quelque chose qui ressemblait à une boîte de pilules, allongée.

– Voilà ce que vous pouvez laisser dans le banc du parc Bei-Hai. Il faudrait mieux que ce soit fait *avant* votre éventuel rendez-vous avec Lou Zhao.

– Aujourd'hui ? demanda aussitôt Malko.

– C'est un peu juste. Demain matin. Je vous ferai accompagner par le « *case-officer* » qui connaît cette boîte aux lettres morte.

– Et le courrier pour Lou Zhao ?

– Vous n'avez plus qu'à l'écrire. Il partira ce soir au quartier où se trouve la société de gérance de

« *Sun City* ». Normalement, cela devrait marcher. Évidemment, si le Guoanbu ouvre l'enveloppe, vous pouvez dire au revoir ou même adieu à Lou Zhao.

– C'est un risque à courir, reconnut Malko.

– OK, dès demain matin, un autre « *case-officer* » partira pour Washington, avec la lettre.

***

Zhou Yongkang, seul dans son bureau, tentait de faire le point sur la situation. C'est lui qui gérait l'affaire Lou Zhao depuis les débuts et s'était battu avec les autres membres du Parti pour faire triompher son point de vue.

Désormais, il touchait au but. Dès qu'il aurait en poche la réponse des Américains, il agirait. C'est lui qui avait signé la lettre réclamée par eux. Avec son nom. Washington savait très bien qu'il était le n°3 du Régime et, à ce titre, capable de prendre un tel engagement.

Dès que la réponse aurait été apportée, avec une lettre signée du président des États-Unis, il ferait arrêter le général Li Xiao Peng et le soumettrait à un interrogatoire sévère. Personne ne résistait à un tel interrogatoire…

Pour cela, il avait déjà le feu vert du président Hu Jin Tao. Il n'était pas question de prendre le moindre risque, en manquant de parole aux Américains.

Les têtes tomberaient, dans l'armée et dans le

Parti. S'il n'y avait rien, seul Li Xiao Peng serait puni. Pour avoir « collaboré » avec une espionne américaine.

Celle-ci, dès son arrestation, repartirait pour la prison de Quicheng, en attendant son procès, son jugement et sa condamnation.

Tout se règlerait dans l'opacité, comme d'habitude.

Il décida que, pour fêter ce proche succès, il s'offrirait un repas fin dans un des grands restaurants de Pékin. Comme tous les Chinois, il adorait la bonne chère.

Peut-être même irait-il se faire masser chez les masseurs aveugles pour une détente plus complète. Il y avait plusieurs salons à Pékin, où un homme comme lui pouvait se détendre sans crainte des indiscrétions.

***

Malko était arrivé à l'ambassade américaine à neuf heures pile. Al Snyder n'était pas encore arrivé, et il avait dû l'attendre vingt minutes.

– La lettre est partie, annonça le chef de Station, immédiatement. Il n'y a plus qu'à prier.

C'était la dernière ligne droite, avec, au bout, soit un mur de ciment où il se fracasserait, soit la liberté pour Lou Zhao. Bien sûr, il savait qu'il risquait sa vie. Le Guoanbu avait mille façons de se débarrasser de lui, sans avoir l'air d'en être responsable.

Un homme aux courts cheveux gris pénétra dans le bureau de Al Snyder. Celui-ci fit les présentations.

– William Morris en est à son second séjour ici. Il parle chinois et va vous accompagner à la boîte aux lettres morte. Le dispositif est en place. Il connaît le parcours.

– Il y a longtemps que vous ne l'avez pas utilisée ? s'enquérit Malko.

– Deux ou trois ans. Jamais les Chinois ne l'on découverte.

Malko descendit au parking souterrain en compagnie de William Morris. Ce dernier avait songé à tout : les glaces de la Jeep étaient teintées. Donc, les « veilleurs » en poste devant l'ambassade ignoreraient qui se trouvait dans le véhicule.

Ils roulèrent près d'une demi-heure, à cause de la circulation, puis s'arrêtèrent devant une station de la ligne n°1, Quandmen.

Laissant le chauffeur, William Morris et Malko s'engouffrèrent dans l'escalier de la station. Juste à temps pour voir une rame de wagons blancs y entrer. Ils prirent place à l'avant du train.

– Nous descendons dans quatre stations, annonça le « *case-officer* Une voiture en plaques chinoises nous attend. Une Toyota.

Ils descendirent à Wukesong.

S'engouffrant immédiatement dans la Toyota verte qui attendait le long du trottoir.

La rue était vide.

Vingt minutes plus tard, le véhicule pénétrait dans le parc Bei-Hai par la porte ouest et s'engageait sur un pont tout blanc, menant à une île située au milieu du lac.

– C'est l'île des hortensias, annonça William Morris. Les Chinois adorent venir s'y promener. Le dimanche, il y a un monde fou.

La voiture montait vers un « Stupa » [1] d'un blanc éblouissant dominant la colline. On se serait cru au Tibet.

Ils passèrent devant un bâtiment construit en étages juste avant le « Stupa ».

– C'est le Temple de la Tranquillité Éternelle, expliqua l'Américain. Je veux que vous puissiez vous repérer.

Il gara sa voiture dans un petit parking déjà presque plein et ils s'engagèrent dans un large sentier faisant le tour de le « Stupa ». Des gosses se poursuivaient avec des cerfs-volants, des vieux discutaient sur des bancs.

William Morris dit à voix basse :

– C'est le troisième banc à partir d'ici.

Ils continuèrent sans se presser. Le banc était vide et ils s'y assirent. Les gens passaient autour d'eux sans leur prêter attention.

L'Américain dit à Malko :

– Passez la main *sous* le banc. Le long de la première planche.

1. Monument bouddhiste.

Malko obéit, d'un geste naturel. Sentant aussitôt sous ses doigts une cavité de dix centimètres de long environ. Au fond se trouvait une plaque métallique.

– Je la sens, dit-il.

– OK, fit le « *case-officer* ». Mettez-y la boîte que je vous ai donnée.

Malko reglissa ses doigts sous le banc. Dès que la boîte qu'il tenait à la main se trouva au-dessus de la cavité creusée dans le bois, elle fut comme aspirée et demeura collée au fond.

– Il y a un puissant aimant, expliqua l'Américain. Ainsi, la boîte ne peut pas tomber. Voilà, j'ai fini mon job. Nous pouvons repartir.

Malko récupéra la boîte métallique et ils repartirent vers le parking.

– Faites attention de ne pas être suivi quand vous reviendrez, recommanda le « case-officer ». Nous n'avons pas beaucoup de boîtes à lettres mortes. Il ne faudrait pas que le Guoanbu la découvre.

Malko se sentait des ailes : il avait désormais un moyen de communiquer avec Lou Zhao.

CHAPITRE XXI

Lou Zhao ouvrit distraitement son courrier monté par un des vigiles. Commençant par la lettre en provenance de la copropriété. Qu'allaient-ils encore lui réclamer ?

L'adrénaline envahit brutalement ses artères lorsqu'elle découvrit les quelques mots tracés au feutre sur une page de papier blanc :

« Soyez au cinéma Megabox demain entre trois heures et quatre heures. Si c'est impossible, après-demain. Même heure. Malko. »

Son cœur allait sortir de sa poitrine. Elle se força à replier la lettre comme si elle n'avait pas d'importance et ouvrit le reste de son courrier. Elle se méfiait des caméras cachées.

Puis, elle passa dans la cuisine et jeta la lettre au broyeur avec d'autres papiers. Elle ne savait plus que penser. Devait-elle aller à ce rendez-vous ? N'était-ce pas un piège du Guoanbu ?

Bien sûr, elle se sentait en danger, mais Malko Linge l'entrainait à accomplir des choses encore plus dangereuses. Un moment, elle hésita à prévenir le Guoanbu, afin d'adoucir son sort. Peut-être enfin, la laisseraient-ils en paix.

Elle disposait de quelques heures de réflexion et chercha à se vider le cerveau.

Sur quoi tout cela allait-il déboucher ?

C'était impossible de sortir de Chine, sauf en étant un oiseau. La première fois, elle avait bénéficié de l'effet de surprise. Ce n'était plus le cas.

Alors, à quoi bon prendre des risques ?

***

L'équipe du Guoanbu chargée de la surveillance de Malko Linge s'était de nouveau fait réprimander. C'était la seconde fois qu'il leur faussait compagnie.

Seul élément positif : tout le temps qu'il avait disparu, Lou Zhao se trouvait dans l'immeuble du Guoanbu, en train de rédiger son pensum.

Ce n'était donc pas elle qu'il avait été voir.

Bien entendu, cette disparition était quand même inquiétante, mais le pire était évité.

Le responsable rédigea une note recommandant de renforcer encore la surveillance autour de l'agent de la CIA. Hélas, le coup du métro était imparable. Étant donné la circulation à Pékin, on ne pouvait pas poster des véhicules à chaque sortie de métro.

Maintenant que la dernière lettre avait été remise, il n'y avait plus longtemps à patienter.

Bien sûr, le Guoanbu préférait attendre le retour de la réponse américaine, avant de liquider Malko, de renvoyer Lou Zhao en prison et d'arrêter le général Li Xiao Peng. Cependant, en cas d'urgence, ils pouvaient frapper. Seule, la liquidation de Malko Linge posait problème : il fallait que cela ait l'air d'un accident.

***

C'était le grand jour. Si tout se passait bien, Malko allait pouvoir parler à Lou Zhao.

De nouveau, il attendait dans le bureau d'Al Snyder qu'on mette le dispositif en place. Une nouvelle fois, il allait tenter de fausser compagnie au Guoanbu.

Le chef de Station de la CIA entra dans le bureau et jeta gaiement :

– Vous êtes prêt ?

Il était accompagné du jeune « *case-officer* » qui avait emmené Malko à la boîte aux lettres morte du parc Bei-Hai. De nouveau ils sortirent de l'ambassade, se dirigeant vers le centre, devinant une « présence » massive du Guoanbu. Au moins trois véhicules.

Heureusement, ceux-ci ne pouvaient pas prendre le métro.

Ils avaient changé de station. Lorsque Malko descendit de la Ford, il vit trois hommes se précipiter sur ses traces.

Le Guoanbu avait mis le paquet.

Le métro était presque vide.

Les Chinois qui le suivaient se trouvaient dans le wagon suivant. Tandis que la rame blanche filait à toute vitesse, Malko pria pour qu'il n'y ait pas de contretemps.

Cinq stations. Bien entendu, il descendit du wagon à la dernière minute, lorsque les portes commençaient à se refermer. Un des Chinois n'eut pas le temps de se dégager de la foule, mais lorsque Malko arriva à l'air libre, deux étaient sur ses talons, l'un, le portable collé à l'oreille. Heureusement, sauf à utiliser un hélicoptère – et encore – ils ne pouvaient pas le suivre plus loin.

Malko bondit dans la Toyota préparée par Al Snyder, qui démarra aussitôt.

Satisfait, il se retourna et son pouls grimpa en flèche : les deux agents du Guoanbu venaient d'arrêter un taxi en maraude et d'y grimper !

Cette fois, la filature n'avait pas été rompue.

Malko jura et se pencha vers le chauffeur.

– Ils ont trouvé un taxi, ils sont derrière nous.

– Qu'est-ce qu'on fait ?

– Vous roulez et on réfléchit.

Ils remontèrent jusqu'à l'avenue Dongchang'an, le taxi sur leurs talons. Ses occupants devaient appeler du renfort. Malko se dit que c'était foutu : Lou Zhao allait l'attendre pour rien.

– On rentre à l'ambassade, lança-t-il au chauffeur.

– Attendez, sir. J'ai une idée, proposa le jeune « *case-officer* ». Le long de l'ambassade, il y a une rue interdite à la circulation, celle où se trouve la sortie de l'ambassadeur. Moi, je peux m'y engager.

– Ce sont des gens du Guoanbu, remarqua Malko, ils se moquent des interdictions.

– Je connais les Chinois, sir. Les vigiles qui gardent la rue sont extrêmement sourcilleux. Au pire, ils vont leur faire perdre deux ou trois minutes, pour vérifier leurs papiers.

– OK, conclut Malko, on peut toujours essayer.

Ils repartirent en direction de l'ambassade américaine. Cinq minutes plus tard, ils étaient à l'entrée de Ganghua road, qui longeait l'ambassade à l'Est. Le « *case-officer* » donna un coup de phare et stoppa devant la herse tirée au milieu de la chaussée, qui interdisait le passage.

Quatre chinois en uniforme gardaient la chicane, en bonnet de fourrure et tenue matelassée, avec, par-dessus, un gilet pare-balles apparent G.K. capable d'arrêter tous les projectiles des armes de poing.

Le « case-officer » baissa la glace, exhibant son laissez-passer diplomatique et un des vigiles tira aussitôt la herse pour lui dégager le passage.

Ils avaient déjà parcouru vingt mètres lorsque le taxi s'arrêta à son tour devant la herse remise en place. Malko, qui s'était retourné, vit la conversation entre le chauffeur de taxi et le garde. Soudain, un des passagers jaillit du taxi, visiblement déchaîné, et mit une carte sous le nez du vigile.

Celui-ci tira aussitôt la herse.

La voiture de Malko n'était plus qu'à dix mètres de l'extrémité de la rue.

Pour sortir, c'était beaucoup plus facile.

Ils ralentirent à peine devant le check-point, tournant aussitôt à droite dans Chaoyong men street, un des périphériques où la circulation était particulièrement intense. Lorsqu'ils s'y engagèrent, le taxi tournait tout juste le coin de l'ambassade américaine.

Le « case-officer » accéléra et bascula à droite sur la bande d'arrêt d'urgence. Roulant à plus de 120, il eut rapidement pris une considérable avance sur le taxi abritant les deux agents du Guoanbu. Il sortit à la première rampe, dans Gongyatiyuchang, une grande avenue menant au Stade des Ouvriers. Puis deux fois à droite, filant à nouveau vers l'ouest.

Ravi, le « *case-officer* » se retourna vers Malko.

– Cette fois, sir, je crois qu'on a semé les bandits ! On va au cinéma.

– On y va, confirma Malko.

Vingt minutes plus tard, ils stoppaient devant l'entrée du centre commercial abritant le Megabox. Malko avait plus d'une demi-heure d'avance sur Lou Zhao. Le « case-officer » lui tendit un ticket.

– Voilà, sir, vous n'avez pas à passer par la caisse.

Malko s'engagea dans l'escalier roulant menant au sous-sol. Après avoir donné son ticket, il pénétra dans la salle. On y jouait « Green zone », un film américain vieux de trois ans. Quand ses yeux se furent accoutumés à l'obscurité, il vit que la salle était à moitié pleine.

Il s'assit au rang 12, comme il l'avait précisé dans sa lettre. À côté de lui, des soupirs jaillissaient d'une masse indistincte étalée sur deux fauteuils : un jeune couple engagé dans un flirt poussé et mouvementé, si on en jugeait à leurs mouvements désordonnés.

Malko essaya de se détendre.

Il n'y avait plus qu'à attendre et à prier.

***

Lou Zhao avait garé sa Beetle assez loin du Megabox, pour faire quelques courses. Son attitude ne devait pas éveiller la méfiance du Guoanbu, car elle agissait ainsi, chaque fois qu'elle sortait.

Elle fit quelques pas, passa devant le centre commercial, entra quelques instants dans une boutique de jeans, puis revint sur ses pas.

S'arrêtant cette fois devant l'entrée du centre commercial, elle fit semblant d'hésiter puis s'engouffra dans l'escalier roulant. Quelques instants plus tard, elle pénétra dans la salle au sous-sol plongée dans l'obscurité. Attendant debout quelques instants pour que son regard s'habitue à l'obscurité.

Ensuite, elle compta douze rangées et alla s'asseoir à côté d'un jeune couple enlacé.

Son cœur battait certainement plus vite que celui des deux amoureux.

Même si on l'avait suivie dans la salle, on pourrait voir qu'elle ne rejoignait personne.

Courageusement, elle tenta de s'intéresser au film, mais elle était trop tendue. Désormais, elle voyait mieux les gens autour d'elle : quelques solitaires et beaucoup de couples. Impossible de voir si Malko se trouvait là.

Ce n'est que dix minutes plus tard qu'une silhouette se leva, un peu plus loin dans le même rang, emprunta le couloir de gauche et se dirigea vers les toilettes, situées à gauche de l'écran.

Un homme en manteau. Bien sûr, impossible de voir s'il s'agissait de Malko, mais elle fut certaine que c'était lui. Il se fondit dans l'ombre. Là où se trouvaient les toilettes.

Lou Zhao attendit courageusement dix minutes, puis se leva à son tour. Entretemps, un couple en avait fait autant : certains n'hésitaient pas à faire l'amour dans les toilettes.

Le cœur battant la chamade, elle suivit le couloir desservant la partie « hommes » et la partie « femmes ». Le couple s'embrassait collé au mur, sans voir personne.

Elle se glissa devant lui et poussa la porte « hommes ».

Malko était là, penché sur un lavabo. Il la vit entrer dans la glace et se retourna.

***

Malko fit un pas en avant et la prit par le bras, poussant Lou Zhao dans une cabine ouverte et refermant aussitôt la porte avec un loquet. Tout était d'une propreté scrupuleuse, mais ils pouvaient à peine tenir debout à deux.

– Pas de problèmes ? demanda Malko à voix basse.

– Non, non, ça va, assura Lou Zhao d'une voix mal assurée. Pourquoi vouliez-vous me voir ?

– Je travaille à votre exfiltration, dit-il. Désormais, nous pouvons déjouer la surveillance du Guoanbu. Comme aujourd'hui.

« Il me faut quelques jours pour tout préparer. Je vais vous expliquer comment nous pouvons communiquer désormais.

Il lui détailla la boîte aux lettres morte du parc Bei-Hai, avec assez de détails pour qu'elle ne puisse pas se tromper.

Lou Zhao était nerveuse.

– C'est tout ? demanda-t-elle.

– Pour le moment, oui.

– Je dois quitter Pékin, dit la jeune femme. Li Xiao Peng m'a proposé de m'emmener dans sa tournée d'inspection. Nous serons absents cinq ou six jours.

– Il l'a déjà fait ?

– Non, jamais, mais je vous ai dit qu'il était très amoureux.

– Que dit le Guoanbu à son sujet ?

– Ils le surveillent toujours de près, mais ils m'ont autorisée à l'accompagner.

Malko se dit que c'était bizarre. Mais les minutes passaient.

– Retournez à votre place, conseilla-t-il. Demain je vous mettrai un message dans la boîte aux lettres morte.

Elle s'échappa littéralement de l'étroit espace et disparut.

Malko s'imposa de rester encore quelques minutes, puis regagna la salle.

Il resta jusqu'au bout du film, laissant Lou Zhao partir la première. Ce n'est que bien plus tard qu'il émergea dans la rue. Quand même nerveux, mais rien ne se produisit. Par précaution, il ne prit pas de taxi à proximité du cinéma, mais beaucoup plus loin, dans Gongti South Road.

À peine était-il descendu du taxi devant le Kempinski qu'il vit un homme sortir d'une voiture et se précipiter vers le chauffeur de taxi. Malko sourit intérieurement : il avait bien fait de prendre ces précautions. Sinon, le Guoanbu aurait pu faire le lien entre leurs deux emplois du temps.

Il remonta dans sa chambre pour réfléchir. Lou Zhao avait raison : échapper provisoirement au

Guoanbu était bien, mais c'était l'exfiltration de Chine qui posait problème.

Et soudain, il eut une idée.

Si cela marchait tous ses problèmes étaient résolus. Hélas, il y avait un nombre élevé d'inconnues. Chacune pouvait faire échouer son projet.

CHAPITRE XXII

Zhou Yongkang avait convoqué tous les responsables de l'opération *Red Dragon.* Après avoir lu leurs différents rapports, il était extrêmement inquiet. Tous les assistants étaient pendus à ce qu'il allait dire.

– Je crois que les Américains préparent quelque chose ! attaqua-t-il. C'est anormal que Malko Linge effectue des ruptures de filatures à répétition.

– La dernière fois, le capitaine Zhao se trouvait chez nous quand il a disparu, observa le responsable de la surveillance des deux personnages.

Zhou Yongkang lui jeta un regard méprisant.

– Il ne faut pas sous-estimer ses adversaires. Malko Linge n'est pas seulement à Pékin pour servir de « courrier ». Je suis certain que les Américains veulent récupérer le capitaine Zhao et qu'ils ont un plan en préparation.

– C'est impossible, protesta le responsable. Ils ne pourraient jamais sortir de Pékin.

Zhou Yongkang eut un regard sévère.

– Il l'avait déjà fait une fois. Et il est même sorti de Chine, sous votre nez. Rien n'est impossible.

– Dans ce cas, conclut le responsable, il n'y a qu'une solution : fermer les portes en arrêtant le capitaine Zhao et son amant.

– C'est une décision politique, remarqua Zhou Yongkang. Je vais la soumettre au Parti. En ce moment, nous prenons trop de risques. Nous avons enfumé les Américains, rien ne dit qu'ils ne se préparent pas à en faire autant.

« Auriez-vous un plan B pour éliminer Malko Linge ?

Les hommes se regardèrent.

– Ce n'est pas très difficile, avança le spécialiste des coups tordus.

« Nous pouvons organiser un « accident » de la circulation, mais cela demande quelques jours de préparation.

Zhou Yongkang ne réfléchit que quelques secondes :

– C'est bien, dit-il, allez-y. Dès que ce sera fait, nous « exfiltrerons » le capitaine Zhao et le général Li Xiao Peng.

– Avant sa tournée d'inspection ?

– Pendant, peut-être, conclut le n° 2 du Régime. C'est peut-être mieux que cela se passe hors de Pékin. Je pense qu'en apprenant l'arrestation du général, ses complices, que nous n'avons pas encore identifiés, prendront peur et renonceront à leur projet. Ou alors, ils se découvriront et on les écrasera.

« D'abord, éliminez Malko Linge.

***

Malko avait rédigé avec soin le message destiné à Lou Zhao. C'était la dernière bouteille à la mer. Il avait renoncé à le mettre en place lui-même : trop dangereux, cédant sa place à un employé de l'ambassade qui n'était pas dans le collimateur du Guoanbu.

Désormais, la balle était dans le camp de Lou Zhao. Ce que demandait Malko dans son message n'était pas facile et ne dépendait pas seulement d'elle. Si cela ne marchait pas, il n'avait plus qu'à quitter Pékin, ayant fait tout ce qu'il pouvait.

Les prochaines quarante-huit heures allaient être cruciales.

***

Lou Zhao tremblait comme une feuille en s'asseyant sur le banc du parc Bei-Hai.

Heureusement, ce n'était pas la première fois qu'elle y venait, ayant toujours admiré l'énorme Stupa de quarante mètres de haut, étrange à Pékin, car monument typiquement tibétain.

En plus, le brillant soleil de printemps diffusait

une douce chaleur, pas encore caniculaire, mais suffisante pour remplir tous les parcs de la capitale.

Lou Zhao prit le temps d'allumer une cigarette, puis passa discrètement la main sous le banc. Ses doigts trouvèrent tout de suite l'anfractuosité et elle en arracha la petite boîte métallique, regardant autour d'elle.

Personne en vue.

Les agents qui la surveillaient la pensaient en pleine méditation.

Elle déplia le papier et le lut rapidement, une fois, puis deux. Son cœur cognait dans sa tête. Ce qu''elle lisait la terrifiait. Si elle ne faisait rien, elle était perdue. Mais arrivera-t-elle à accomplir ce que demandait Malko ?

Le papier lu, elle le froissa, se demandant comment s'en débarrasser. Finalement, elle prit son briquet et une cigarette, puis alluma la cigarette et le papier dont les cendres se dispersèrent.

Après l'avoir fumée, elle monta jusqu'au Stupa et s'agenouilla au milieu d'autres pèlerins. Priant de toutes ses forces.

Peu importait le Dieu, elle aurait prié le Diable pour trouver un peu d'aide.

***

Malko se reposait dans le bureau d'Al Snyder, parti à une réunion chez ses homologues britanniques. Tournant et retournant dans sa tête son plan fou.

Alternant les périodes de découragement, tant il y avait de « si », et celles d'excitation : s'il parvenait à réussir ce projet, ce serait le plus beau coup de sa carrière.

Même le chef de Station de la CIA n'était pas encore au courant. Malko attendait la réponse de Lou Zhao pour l'y mettre. Si Lou Zhao déclarait son plan impossible, il ne l'évoquerait jamais.

Il s'était imposé d'attendre quarante-huit heures pour laisser à Lou Zhao le temps de lui répondre. Ce qui était un risque supplémentaire.

Le chef de Station entra en coup de vent et jeta un coup d'œil à Malko.

– Vous broyez du noir ?

– Non, je réfléchis.

L'Américain se laissa tomber sans son fauteuil et proposa :

– Moi aussi, je suis fatigué. Si on allait dîner au XIU Bar ? Là-bas, il y a de la musique et de jolies filles, même si on ne peut pas y toucher.

– C'est ce que vous disiez de Zhong Li, ne put s'empêcher de dire Malko.

– Pauvre Zhong Li. Si j'avais pensé qu'en vous la présentant, je la condamnais à mort… C'était une fille adorable.

Encore un dégât collatéral. Malko préférait chasser de son esprit cet épisode : c'était trop triste.

– OK, accepta-t-il, on va au XIU Bar. Au moins, on pourra oublier tout cela pour un moment.

Ce genre de mission lui suçait sournoisement la moelle, le vidant nerveusement. Il y avait tant de pièges à éviter. Malko s'était fixé un but pratiquement impossible à atteindre. En mettant sa vie sur la table. Si le Guoanbu apprenait ce qu'il préparait, il n'hésiterait pas une seconde à le liquider, négociations ou pas…

***

Lou Zhao s'était faite particulièrement belle pour recevoir son amant.

Un tailleur à la jupe très courte d'où jaillissaient ses bas gainés de noir. Elle avait spécialement été acheter des bas « stay-up » dans une boutique de lingerie italienne rue Wangfujiang, l'artère piétonnière où se trouvaient les meilleures boutiques de Pékin. Les Chinoises, très pudiques, ne les utilisaient pratiquement pas. D'ailleurs, elle-même se sentait un peu gênée, se traitant mentalement de putain. Certes, le général Li Xiao Peng ne l'avait jamais achetée, mais elle déployait désormais pour le séduire le genre d'artifices utilisés par les courtisanes.

Quand on sonna, le martèlement de ses talons résonna dans la pièce, presque trop fort.

Li Xiao Peng demeura figé sur le pas de la porte, muet de surprise.

Lou Zhao lui adressa un sourire où elle mit toute sa sensualité.

– Tu n'entres pas ?

Le Chinois bougea d'un coup, posant le paquet qu'il tenait à la main et enlaçant Lou Zhao, la palpant comme on palpe une orange pour voir si elle est mûre.

Collée au mur, bouleversée par cette fougue inhabituelle, Lou Zhao tentait mollement de le repousser. Ce n'est que dans les films pornos japonais qu'elle avait vu des scènes semblables.

– Que tu es belle, grogna son amant, écartant le tailleur pour caresser les seins couverts de l'épaisse soie mauve.

– Tu ne veux pas dîner ? demanda Lou Zhao.

Comme réponse, son amant glissa une main sous la jupe du tailleur, remontant le long de ce qu'il pensait être un collant.

Quand il sentit la chair au-dessus du bas, il faillit avoir un infarctus ! Même dans ses rêves les plus fous, il n'avait jamais imaginé cela. Lou Zhao était une honnête femme, pas une courtisane.

Maintenant, sa main farfouillait au-dessus, essayant de lui arracher sa culotte. Comme il n'y parvenait pas, il prit Lou Zhao et la traîna littéralement dans la chambre. Trop excité, il n'ôta même pas sa veste, se contentant d'ouvrir son pantalon et d'exhiber un sexe que Lou Zhao mettait d'habitude plus de temps à réveiller.

Avec un grognement de fauve, il la jeta sur le lit, et d'une seule main, la débarrassa de sa culotte de nylon. Basculant aussitôt sur la jeune femme, écrasée par le poids de son amant.

Il tâtonna à peine pour s'enfoncer en elle. Lou Zhao n'était pas encore excitée et il eut l'impression de la violentée. C'était encore meilleur.

En tournant la tête il aperçut leurs deux silhouettes dans le miroir du dressing-room, les jambes gainées de noir repliées avec la chair au-dessus.

En quelques secondes, il explosa.

Confus, mais fou de bonheur.

Lou Zhao ne s'était pas attendue à cette tornade, mais elle se dit que cela servait ses plans.

Pudiquement, elle rabattit sa jupe sur ses jambes, abandonnant sa culotte à son triste sort de chiffon piétiné. Le général était en train de se rajuster.

– Tu as faim ? demanda-t-elle.

– Je mangerais un dragon entier, assura Li Xiao Peng.

***

Ils avaient terminé le canard laqué. Li Xiao Peng flottant encore sur un petit nuage rose. Il prit la main de sa maîtresse et la serra très fort.

– Je ne pourrais pas me passer de toi ! dit-il. Jamais je n'ai été aussi heureux.

Le Démon de Midi, quand il se réveille, peut faire des dégâts terribles.

Lou Zhao le fixa.

– Tu sais ce qui me ferait plaisir, à moi ?

– Tu veux une montre suisse ?

Pour lui, c'était le comble du luxe. Lou Zhao secoua la tête.

– Non, je voudrais aller dîner en tête à tête avec toi dans un bon restaurant.

Li Xiao Peng resta d'abord silencieux puis remarqua :

– Tu sais qu'avec mon rang, je dois être très prudent. Le Parti n'aime pas que les officiers supérieurs s'affichent dans les lieux publics avec des femmes qui…

Le général s'arrêta net. Lou Zhao enchaîna d'une voix douce :

– Des femmes qui sont des putains. Pourtant, tu m'emmènes dans ton avion en tournée d'inspection. Tu crois que le Parti ne va pas le savoir ?

Li Xiao Peng se troubla, le regard brouillé et balbutia :

– Tu as raison ! Je vais t'emmener !

– Quand ?

– Au retour du voyage.

– Non, je voudrais avant. Il y a longtemps que j'en ai envie. Après, je te donnerai beaucoup de plaisir.

– Ah bon.

Elle se leva et le prit par la main, l'emmenant jusqu'à la chambre. Là, elle ouvrit le tiroir d'une commode et montra l'amas de lingerie qui le remplissait.

– L'amour sait se parer d'artifices, pour le jeu de l'amour, dit-elle, citant un vieux proverbe chinois.

Le général était comme foudroyé devant cet amas de frous-frous. Il se décida très vite.

– Bien, dit-il. Ni demain, ni après-demain. Jeudi. Je choisirai le restaurant.

Lou Zhao colla sa bouche sur la sienne et l'embrassa, méditant le proverbe de Lao Tseu : Les femmes vainquent les hommes comme l'eau vaincra le feu.

Le premier étage de la fusée imaginée par Malko était parti.

CHAPITRE XXIII

Deux jours s'étaient écoulés, sans rien. Malko rongeait son frein, allant du Kempinski à l'ambassade américaine. Comptant les heures. Il attendait encore un jour pour retourner au parc Bei-Hai pour récupérer la réponse de Lou Zhao. Si elle était négative, c'était l'échec total.

Il poussa la porte du Da Dong où Al Snyder l'attendait pour déjeuner. L'Américain était déjà arrivé et ils se retrouvèrent isolés au milieu de la foule bruyante. À côté d'eux, six Chinois installés autour d'une table ronde, bâfraient comme des chancres en faisant tourner le plateau central à toute vitesse.

– J'ai des nouvelles de Washington, annonça le chef de Station. Ils s'impatientent.

« Ils ont préparé une réponse cinglante pour les Chinois mais veulent être certains qu'ils ne risquent pas de pépin.

– Je suis dans la dernière phase, répondit Malko. J'attends la réponse de Lou Zhao aux questions que je lui ai posées. Si elle est positive, tout est possible.

– Tout quoi ?

Malko sourit.

– C'est encore trop tôt pour vous le dire. C'est une question de quelques jours.

Il ne voulait pas vendre la peau de l'ours.

***

Malko venait de se réveiller lorsque son portable sonna. Une voix parlant anglais avec un fort accent chinois. Il dut faire répéter plusieurs fois pour comprendre le nom de la personne qui l'appelait : Xao Keng, l'agent du Guoanbu qui avait remplacé Ling Sima pour les contacts avec Malko. Le Chinois, après mille circonlocutions, finit par dire :

– Mes chefs sont inquiets. Certains souhaitent vous rencontrer. Est-ce que cela serait possible ?

– À quel niveau ?

Malko n'avait pas envie de perdre son temps avec des subalternes.

– Un très haut niveau, assura le Chinois. Je ne veux pas vous donner le nom au téléphone.

Malko se dit qu'il n'avait rien à perdre. C'était toujours intéressant de sonder les Chinois et de pénétrer au cœur du Guoanbu.

Le Chinois émit un bruit qui pouvait passer pour un rire satisfait.

– Dans ce cas, M. Linge, une voiture viendra vous chercher à deux heures à votre hôtel. Elle vous attendra dehors. Une Audi noire.

Le véhicule des apparatchiks chinois de haut rang.

Voulant lui aussi éviter les indiscrétions, Malko acheva de se préparer et fila à l'ambassade américaine.

Al Snyder se montra perplexe.

– Je me demande *qui* ils vont vous faire rencontrer ? demanda-t-il. Et ce qu'ils vont vous dire. Vous savez où vous allez ?

– Non.

– Je vais essayer de vous assurer une protection. En envoyant une voiture banalisée avec deux « *case-officers* » qui suivra la vôtre. Cela dira déjà où ils vous emmènent

***

Malko descendit à deux heures moins cinq. Un vent glacial, de nouveau, soufflait sur Pékin, et il n'avait pas trop de son manteau de vigogne.

L'Audi 8 était là, pile devant la porte. Dès qu'il sortit, un Chinois jaillit de l'avant et vint lui ouvrir la portière arrière. Le véhicule démarra aussitôt.

En s'installant dans la voiture, Malko réalisa que son Glock était toujours dans la poche intérieure de son manteau. Il aurait préféré le laisser à l'hôtel. C'était un peu déplacé de répondre à une invitation du Guoanbu, enfouraillé comme un voyou.

Distraitement, il regardait le paysage extérieur à

travers les vitres teintées. Impossible de savoir où il se trouvait. Soudain, il aperçut des tribunes et comprit que c'était le « *Beijing Worker's Gymanasium* » [1]. Ils se trouvaient au nord-est de Pékin, là où se trouvait le siège du Guoanbu.

La voiture suivait une longue palissade, sur sa droite. À gauche, il y avait un fatras de HLM numérotées et de terrains vagues.

Malko somnolait presque.

Il entendit soudain un puissant grondement de moteur sur sa droite. Tournant la tête, il aperçut en une fraction de seconde l'avant d'un gros camion qui, sortant du stade, fonçait sur eux, comme s'il ne les avait pas vus.

Malko n'eut même pas le temps d'avoir peur.

Le mufle du camion frappa l'Audi à la hauteur de la portière avant droite, la projetant comme une boule de billard. La voiture décolla de la chaussée, bascula et roula sur elle-même. Malko se retrouva à quatre pattes sur le pavillon, souffrant du bras gauche. Sonné.

Venant de l'avant broyé, il entendit des gémissements. Celui qui lui avait ouvert la portière semblait inanimé. Une odeur d'essence commença à remplir la voiture et il se dit qu'elle allait prendre feu.

De toutes ses forces, il essaya d'ouvrir la portière, mais elle était bloquée. Enfin, à force de lui donner des coups de pied, il parvint à la forcer et à se glisser à l'extérieur à quatre pattes.

1. Stade des Ouvriers.

Son dos lui faisait mal, du sang coulait le long de son bras, la tête lui tournait. Il parvint à se remettre debout et regarda autour de lui.

Cherchant le camion qui les avait emboutis.

Aucune trace.

En gémissant, le conducteur venait de parvenir à s'extraire et s'enfuyait en courant.

Tout cela était bizarre.

Soudain, Malko réalisa que ce n'était pas un accident : on venait délibérément de tenter de l'assassiner. Un accident de la circulation, comme le KGB en Russie savait si bien les organiser.

Imparable.

Voilà pourquoi on était venu le chercher. Pour l'amener directement dans un piège.

***

En tournant la tête, il aperçut soudain deux Chinois, descendus d'une Volkswagen Santana qui courraient dans sa direction. Il allait leur faire signe lorsqu'il distingua une arme dans la main droite de celui qui courait devant.

Au même moment, il y eut un « plouf » sourd derrière lui et l'arrière de l'Audi s'embrasa. Des flammes léchaient les vitres dans une forte odeur de plastique brûlé.

C'était la dernière touche : les Chinois avaient placé un engin incendiaire dans l'Audi de façon à être certain que Malko ne survivrait pas...

Le crime parfait : un accident avec un véhicule qui s'enfuit, et l'incendie « accidentel » du véhicule.

Les deux Chinois n'étaient plus qu'à une vingtaine de mètres. Désormais les deux brandissaient des armes.

Pris d'un accès de fureur irrésistible, Malko fouilla fiévreusement dans la poche de son manteau et en sortit le Glock. Le temps de faire monter une cartouche dans la chambre, il ouvrit le feu sur les deux hommes qui venaient vraisemblablement l'achever.

***

Les détonations claquèrent dans l'avenue déserte, presque inaperçues. Tenant son arme des deux mains, Malko vidait son chargeur. Les deux Chinois, surpris, n'eurent même pas le temps de riposter, s'effondrant sous les impacts des projectiles de 9 mm.

Malko rabaissa son arme. Tout son corps lui faisait mal. Il regarda autour de lui, se demandant que faire. Les deux agents du Guoanbu gisaient immobiles sur la chaussé. D'autres allaient certainement arriver. La voiture continuait à se consumer.

Soudain, il aperçut une Toyota qui arrivait sur lui. Son premier geste fut de fuir. Puis, il aperçut derrière le pare-brise des visages qui n'étaient pas chinois. La voiture stoppa à côté de lui et deux hommes en jaillirent. Jeunes, blancs, en blouson et jeans. L'un d'eux brandissait un attaché-case noir qui se déplia : c'était « bullet-Proof briefcase » G.K. que le jeune Américain déploya aussitôt pour protéger Malko.

– Nous avons tout vu, lança l'un des deux. C'était un acte délibéré. Le camion attendait à la sortie d'un chantier. Quand la voiture est arrivée, il a foncé dedans et a pris la fuite ensuite. Il a sûrement été prévenu par radio par un des deux types que vous avez séchés.

– Venez, il ne faut pas rester là.

Malko, avec une grimace de douleur, se glissa à l'arrière du véhicule qui démarra aussitôt. Un des deux « *case-officers* » se retourna.

– On vous conduit à l'ambassade, sir. J'espère qu'ils n'ont pas encore eu le temps de s'organiser.

Malko, d'abord, ne répondit pas. Puis, il réalisa son avenir proche. Même avec son laissez-passer diplomatique, les Chinois s'attaqueraient à lui. Il avait eu tort d'abattre les deux hommes du Guoanbu qui couraient vers lui. Seulement, vu leur attitude, ils venaient l'achever.

À l'ambassade, il serait en sécurité, mais totalement isolé du monde pour un temps indéterminé.

Or, le lendemain, il devait aller relever la boîte aux lettres morte, avec la réponse de Lou Zhao. Bien sûr, quelqu'un d'autre pouvait le faire à sa place, mais il aurait besoin ensuite d'un contact avec la jeune femme.

Il se pencha en avant :

– N'allez pas à l'ambassade ! lança-t-il.

Le « case-officer » se retourna, stupéfait.

– Où voulez-vous aller, sir ?

– Vous connaissez Pékin ?

– Oui, assez bien.

– OK, on va à Flagrant Hills, après le cinquième périphérique, à l'ouest. C'est indiqué, je vous indiquerai la sortie.

– Qu'est-ce que vous allez faire là-bas ?

– Me cacher, dit Malko. Je connais un endroit où le Guoanbu ne pensera pas à venir me chercher et je serai libre de mes mouvements.

Il venait de penser à la cabane de chantier où Zhong Li l'avait emmené. Les travaux de sa villa « Double Honnêteté » ne commençant pas avant le printemps, personne ne viendrait le déranger et il serait libre de ses mouvements.

Ce qui lui permettrait de continuer sa mission, pour le meilleur ou pour le pire.

Obéissant, l'Américain qui conduisait mit le cap sur le périphérique extérieur. Soudain, Malko pensa à quelque chose.

– Arrêtez-vous dans un endroit où on peut acheter à manger, demanda-t-il. Je ne veux pas mourir de faim. Ni de soif.

Cinq cents mètres plus loin, ils stoppèrent en face d'un supermarché et un des deux jeunes Américains alla faire les courses.

Il ressortit avec plusieurs énormes paquets : de l'eau minérale, de la Tsing-Tao et des vivres pour plusieurs jours.

Ensuite, ils furent sur le périphérique qu'ils suivirent pendant une dizaine de kilomètres. Enfin, Malko aperçut la rampe sur sa droite avec l'écriteau « Botanic Garden ». C'était celle menant à Flagrant Hills.

– Tournez là, dit-il.

Ils sortirent et il les guida dans les chemins serpentant à travers les collines. Heureusement, sa fantastique mémoire lui permit de retrouver l'emplacement de la villa que Zhong Li ne verrait jamais.

Pas un chat dans le sentier. La cabane était toujours là.

Il descendit de voiture et attrapa la clef dissimulée dans le vase près de l'entrée.

Il ouvrit la porte, et entra, suivi d'un des deux « case-officers » portant ses achats.

– Voilà, dit-il, je suis arrivé. Le cas échéant, vous pourrez retrouver votre chemin ?

– Affirmatif, sir, nous avons noté l'emplacement sur notre GPS. Mais on ne va pas vous laisser comme ça. Vous avez des munitions ?

– Encore un chargeur neuf, plus ce qu'il reste dans celui qui se trouve dans l'arme. De toute façon, je n'ai pas l'intention de tenir un siège. Si le Guoanbu me découvre, je serai obligé de me rendre.

Il vit soudain, un des jeunes gens ôter son manteau, puis sa veste et déboutonner sa chemise.

– On va quand même vous donner ça ! fit le jeune Américain.

Il défit les bandes de velcro maintenant le gilet pare-balles et le tendit à Malko.

– C'est un Timecop II G.K. en aramide. Il arrête tous les projectiles d'arme de poing, même le 357 Magnum. Ça peut servir.

C'était un geste élégant. Tandis qu'il se rhabillait, Malko pensa soudain à un autre problème.

– Cela vous ennuie, si je garde votre voiture ? demanda-t-il.

– Certainement pas, sir.

– OK, je vais vous ramener vers le centre, là où vous pourrez trouver un taxi, ensuite je reviendrai dans le coin et je planquerai la voiture.

Ils repartirent en sens inverse. La Toyota, en plaques chinoises, passait complètement inaperçue. Il franchit le cinquième périphérique, et les déposa près du stade olympique, le long du quatrième périphérique.

– Dites au COS qu'il soit prudent. S'il vient me voir, qu'il ne traîne pas le Guoanbu derrière lui. Dans l'immédiat, je préfère qu'il ne vienne pas.

– *Good luck, sir*, firent-ils en chœur.

Lui-même revint sur ses pas et regagna le périphérique extérieur. À un moment il fut doublé par une voiture de police et son pouls monta en flèche.

Fausse alerte.

Il roula ensuite dans les chemins de Flagrant Hills, trouvant un petit parking où se trouvaient déjà plusieurs voitures. La sienne ne se faisait absolument pas remarquer. Par prudence, il se força à y rester jusqu'à la tombée de la nuit. Dans ce coin, on ne voyait pas beaucoup d'étrangers à pied.

Enfin, il ferma la voiture et prit la direction du cabanon de chantier. Il ne fut vraiment tranquille qu'une fois à l'intérieur. Heureusement, il y avait l'électricité, mais il préférait ne pas se faire remarquer.

Pas de lit.

Il dormirait par terre. Et, dès demain, il se rendrait au parc Bei-Hai récupérer la réponse de Lou Zhao.

Il parvint à disposer des toiles par terre et se déshabilla partiellement. Il avait une grande estafilade au bras qui continuait à saigner un peu. Et surtout, il se sentait épuisé, avec des courbatures partout.

Avant de s'allonger, il fit monter une cartouche dans la chambre du Glock et vérifia la serrure de la porte.

Il allait vivre ses heures les plus difficiles à Pékin. Pourvu que les Chinois n'aient pas arrêté Lou Zhao.

CHAPITRE XXIV

Lou Zhao était nerveuse. Il était huit heures et demie et son amant n'était toujours pas là. Il était capable de s'être dégonflé. Pourtant, elle avait fait de son mieux. Mettant d'abord une parure en dentelle noire, assortie à ses fins bas « stay-up ». Sous un tailleur à la jupe presque indécemment courte.

Pour se donner du courage, elle allait se verser un peu de cognac, lorsque l'interphone bourdonna, et elle entendit la voix de Li Xiao Peng :

– Je suis là ! dit-il.

Elle ouvrit la porte au premier coup de sonnette. Li Xiao Peng la fixa longuement, du sperme plein les yeux. Il était comme un enfant devant une vitrine de pâtisserie.

– Où m'emmènes-tu dîner ? demanda-t-elle espièglement.

– Au Capital M.

Lou Zhao fit la moue.

– Il y a trop de monde. Je préfèrerais un endroit plus tranquille…

– Mais j'ai réservé !

– Ce n'est pas grave, tu feras téléphoner que tu as changé d'avis. Si on allait au *Green T House* ?

La table la plus chère de Pékin, installée dans une galerie de tableaux d'art moderne. Beaucoup de riches expats et de Chinois richissimes.

Li Xiao Peng se résigna.

– Bon, si tu veux.

Lou Zhao ne faisait pas un caprice. Le Guoanbu, qui avait sûrement enregistré la réservation de son amant, avait eu le temps de « sonoriser » une table où on les amènerait automatiquement. Alors qu'en changeant de restaurant, on les prenait de vitesse.

– On y va ! fit la jeune femme.

Dans l'ascenseur, elle se serra contre lui, le pubis en avant et murmura :

– Si tu savais ce que je porte, tu n'irais même pas dîner...

***

Li Xiao Peng dut parlementer pour obtenir une table au Grren T House, mais son nom fit merveille. On les installa dans un coin sombre, en tête à tête avec la carte. Grand Seigneur, Li Xiao Peng commanda une bouteille de Taittinger. Tous les bons restaurants de Pékin avaient du champagne et des vins français. Il flottait sur un petit nuage. C'était la première fois qu'il dînait en amoureux dans un endroit public avec une autre femme que la sienne

C'est Lou Zhao qui composa le menu avec soin, puis avala sa première flûte de champagne.

Li Xiao Peng ne détachait pas les yeux de sa poitrine mise en valeur par le soutien-gorge « push-up ». La jeune femme se dit que c'était le moment d'attaquer. Penchée au-dessus de la table, elle demanda :

– Sais-tu pourquoi je voulais dîner dehors avec toi ?

Il battit des yeux.

– Parce que cela te faisait plaisir.

Elle sourit.

– Oui, bien sûr. Mais il y a une autre raison plus importante. Je voulais me retrouver avec toi dans un endroit où il n'y a pas de micros…

Le général la fixa, une lueur de panique dans les yeux, pensant aux micros dans son avion. Il n'eut pas le temps de répondre. Lou Zhao, les yeux dans les siens, annonça d'un ton grave :

– J'ai quelque chose de très sérieux à te dire. Depuis que je suis revenue du Japon, je travaille pour le Guoanbu. Pour t'espionner. Mon appartement est plein de micros.

– Pourquoi ?

– C'est une longue histoire. Quand je suis revenue du Japon, j'ai été assénée par le Guoanbu et on m'a amené à la prison de Quicheng. Ils ne m'ont laissée revenir chez moi que si j'acceptais de t'espionner. C'était cela ou croupir à la prison de Qincheng.

Il avait l'impression de recevoir un coup en pleine poitrine. Lou Zhao posa sa main sur la sienne avec un sourire tendre.

– Tu sais, je t'aime vraiment et je veux te sauver. D'ailleurs avec ce que je vais te dire, tu pourrais mettre un terme à ma vie.

– Pourquoi, mon Dieu ?

– Je suis aussi en contact avec les Américains. Depuis longtemps je travaille avec eux…

– Mais pour quoi faire ?

– De l'espionnage, fit-elle calmement.

Là, elle brûlait tous ses vaisseaux. Li Xiao Peng pouvait se lever et disparaître. Cependant, le général ne bougea pas, les épaules un peu tassées. Il demanda d'une voix plaintive ?

– C'est tout ?

– Non, asséna Lou Zhao. Le Guoanbu a décidé de t'arrêter avec moi au cours de ta tournée d'inspection. Si nous partons, nous ne reviendrons jamais à Pékin.

Il sursauta :

– Comment sais-tu cela ?

– Par les Américains : ils écoutent les communications chinoises, qu'ils décryptent.

– Tu es toujours en contact avec eux ?

– Parfois.

Les plats étaient arrivés mais ils n'avaient plus faim. Le général Li Xiao Peng ne savait plus où il était. Hélas, ce que lui apprenait Lou Zhao correspondait à ce qu'il avait découvert : les micros dans son avion. Or, il n'en avait jamais parlé à la jeune femme.

Il se sentait pris dans un maelstrom, ne sachant plus comment en sortir. Il leva un regard de chien battu vers Lou Zhao : le dîner d'amoureux se transformait en cauchemar.

– C'est terrible ! dit-il. Qu'est-ce qu'on peut faire ?

Il se voyait déjà emprisonné, séparé de Lou Zhao. Il se rendait compte que c'était la seule chose qui comptait pour lui. Il était arrivé au sommet de sa carrière et sa famille officielle ne le passionnait pas.

Lou Zhao demeura silencieuse un long moment, le temps de laisser monter la pression, puis elle laissa tomber :

– Il y a peut-être une solution, mais cela dépend de toi. Sinon, nous serons séparés à jamais.

– Quelle solution ?

– Nous partons comme prévu pour ta tournée d'inspection. D'après ce que je sais, le Guoanbu a prévu de nous arrêter tous les deux, à la fin, avant ton retour.

« Il pourrait ne pas avoir de retour…

Le général Li Xiao Peng se raidit.

– Que veux-tu dire ?

– Que se passe-t-il si ton avion, au lieu de se poser à Langtian continue et va se poser à Taïwan ?

***

Li Xiao Peng demeura silencieux, tétanisé. Ce que lui proposait Lou Zhao, c'était de faire défection. Une chose à laquelle, il n'avait jamais pensé. Sa vie, c'était la Chine d'où il n'était jamais sorti.

– C'est impossible ! dit-il.

– Pourquoi ?

– Les pilotes n'accepteront pas.

Lou Zhao eut un mauvais sourire.

– Si on leur met un pistolet sur la nuque, ils accepteront. D'ailleurs, si après nous avoir amenés à Taïwan, ils veulent repartir en Chine, c'est tout à fait possible. Tu as un rayon d'action suffisant pour y arriver ?

– Oui, bien sûr. Mais que vont faire les Taïwanais ?

– Ils vont nous accueillir à bras ouverts. Ils seront prévenus par les Américains.

– Il y a une base de Sukhois 30 à Langtian, objecta le général. Si je ne me pose pas, ils vont décoller et abattre mon appareil.

– Ils vont *essayer*, souligna Lou Zhao, mais Taïwan ne se trouve qu'à 180 kilomètres de Langtian. En moins d'un quart d'heure de vol, tu seras dans l'espace aérien taïwanais. Des chasseurs taïwanais, des F.16, assureront ta protection. Bien sûr, il y a des risques, mais c'est mieux que de terminer sa vie au *Lao-Gai*.

Elle prit ses baguettes et commença à picorer dans les plats étalés sur le plateau central. Li Xiao Peng, lui, semblait paralysé.

Il mit un long moment avant de commencer à manger, l'air renfrogné. Lou Zhao évitait de lui parler. Elle savait qu'elle venait de lui asséner un choc terrible ; il n'était pas préparé à cela et risquait de craquer. Ce n'est qu'un long moment plus tard qu'elle lui sourit et précisa :

– Je ne te forcerai *jamais*. Je voulais seulement d'exposer la situation. Tu peux me croire, tout est exact.

Le général Li Xiao Peng ne répondit pas, mangeant en silence jusqu'à ce qu'il pose ses baguettes.

– Ce que tu me demandes est très difficile, souligna-t-il. Je ne suis pas un traître et j'aime la Chine. Je ne me vois pas vivre ailleurs.

– Taïwan, c'est *aussi* la Chine, souligna Lou Zhao. Ils parlent le même chinois que nous, vivent comme nous. On ne te demande pas de trahir. Simplement de sauver nos deux vies.

– Il faut que je réfléchisse, affirma le général.

Lou Zhao reprit ses baguettes.

– Je comprends admit-elle, mais tu dois te décider vite, dans un sens ou dans l'autre.

– Que se passera-t-il si je refuse ?

– Pour toi, je te l'ai dit. Moi, j'essaierai de me faire exfiltrer par les Américains.

Le Chinois se raidit.

– Je ne te verrai plus ?

Lou Zhao esquissa un sourire plein de tristesse.

– Je ne veux pas finir au *Lao-Gai*. Pour moi aussi, c'est dur, car si je quitte la Chine, je ne verrai plus jamais mes parents. Hélas, je crois que c'est la seule solution qui nous permette de rester ensemble et de vivre libres.

« Voilà, je t'ai tout dit.

Elle se remit à manger.

Les dés étaient jetés. Désormais, tout dépendait du général Li Xiao Peng.

***

L'ambiance était tellement électrique qu'on avait peur d'allumer une cigarette. Zhou Yongkang dissimulait à peine sa fureur, après avoir lu le récit de la tentative de meurtre avortée contre Malko Linge. Le fiasco complet avec deux agents du Guoanbu tués dans la bagarre. Mais, surtout, Malko Linge, l'agent de la CIA était toujours vivant et ils n'avaient plus d'interlocuteur pour les négociations avec les Américains.

– Savez-vous où se trouve cet homme ? demanda-t-il.

Le responsable de l'opération baissa la tête.

– Nous pensons qu'il s'est réfugié à l'ambassade américaine.

– Vous pensez ?

– Personne ne l'a vu entrer, mais il ne peut pas être ailleurs. Bien entendu, nous avons été au Kempinski.

Zhou Yongkang demeura la tête baissée. Il ne pouvait plus prétendre à un « accident » comme avec Ling Sima. Désormais, Malko Linge savait que le Guoanbu avait tenté de l'assassiner. Or, Zhou Yongkang ne pouvait même pas lui dire pourquoi, sous peine de révéler le secret chinois : ils ne maîtrisaient pas la situation.

Tout cela alors que l'affaire était pratiquement bouclée : il ne manquait plus que la réponse de la Maison Blanche.

C'était à lui de trouver une échappatoire.

– Bien, conclut-il, surveillez l'ambassade. Je vais essayer d'y contacter quelqu'un.

Il lui restait une seule carte à jouer pour sauver l'affaire : plaider les ordres mal compris, la faute des subalternes.

Il allait prendre langue avec le chef de Station de la CIA. Tenter d'arranger les bidons.

***

Le général Li Xiao Peng avait bu trois tasses de thé, mais à peine touché à la nourriture et au champagne. Il laissa sur la table une liasse de billets verts et précéda Lou Zhao vers la sortie.

Sa Pajero noire en plaques militaires était devant la porte. Il donna au chauffeur l'adresse de « *Sun City* ». Ils ne s'étaient plus adressé la parole avec Lou Zhao et il attendit d'être presque arrivé devant la résidence pour se tourner vers elle.

– Je crois que tu as raison, dit-il d'une voix blanche. Nous ferons ce que tu proposes.

La jeune femme lui prit la main et la serra de toutes ses forces, puis elle le tira par la main, hors de la voiture.

Dans l'ascenseur, elle se colla à lui et lui donna un baiser profond avant de dire :

– Je vais tout arranger. N'oublie pas les micros. Ne dis rien dans l'appartement.

Il lui restait désormais à contacter Malko Linge pour lui dire que l'opération pouvait être lancée. Ce serait la dernière fois qu'elle irait au parc Bei-Hai.

CHAPITRE XXV

Malko s'était réveillé courbatu, fatigué et nerveux. Dans un silence absolu. Dieu merci, personne ne fréquentait ce chantier abandonné.

Il mangea des biscuits et but de l'eau. Bien entendu, il n'avait rien pour se changer ni pour se raser. D'après l'accord passé avec Lou Zhao, la jeune femme devait déposer un message dans la boîte à lettres morte du parc Bei-Hei dans l'après-midi. Jusque là, il n'avait strictement rien à faire. Il se força à garder son calme.

C'était la minute de vérité.

Hélas, même si Lou Zhao avait pu convaincre le général, il restait encore de nombreux problèmes à régler.

En effet, l'exfiltration du général Li Xiao Peng posait des problèmes techniques que seuls les Américains pouvaient résoudre.

Il devait donc rependre le contact avec eux.

***

Al Snyder raccrocha son téléphone, perplexe. Il ne s'attendait pas à ce qu'un haut fonctionnaire du Guoanbu l'appelle directement. La conversation avec Zhou Yongkang avait été bizarre. Ce puissant apparatchik s'était en réalité excusé d'une « bavure » commise par un de ses services, se félicitant que Malko Linge s'en soit bien sorti et assurant que le deal avec les Américains ne devait pas en être affecté.

À la fin de la conversation, le Chinois avait même demandé :

– Puis-je transmettre mes excuses à Malko Linge ?

– Je lui en ferai part, avait répliqué l'Américain froidement. Il se repose, il a été très choqué de cet épisode.

Cela s'était terminé ainsi.

Désormais, il attendait. Malko ne pouvait demeurer indéfiniment dans sa cabane de chantier de Flagrant Hills, mais il pouvait y envoyer quelqu'un à condition de prendre certaines précautions.

Lui aussi priait pour que l'idée de Malko trouve un écho favorable chez le général Li Xiao Peng. Ce serait une sortie « par le haut ».

Il décida d'attendre jusqu'au soir, pour contacter Malko.

Les risques seraient moindres.

***

Malko ôta sa chemise et enfila à même la peau son gilet pare-balles G.K. « Timecop ». Autant ne pas prendre de risques. Il se rhabilla et, après avoir vérifié son pistolet, sortit de la cabane puis partit à pied chercher sa voiture. Circuler dans Pékin avec ce véhicule en plaques chinoises ne présentait pas trop de danger.

De toute façon, il n'avait pas le choix.

***

Lou Zhao avait garé comme d'habitude sa voiture sur le parking en face du Stupa, après avoir été acheter deux DVD. Malgré tout, elle avait l'impression d'avoir une forge dans la poitrine. Après leur soirée, elle avait raccompagné son amant jusqu'à sa voiture et le général Li Xiao Peng avait détaillé une nouvelle exigence pour procéder à son exfiltration. Or, rien ne disait que c'était possible.

La Chinoise partit à pied dans les allées du parc. Heureusement, en dépit de la température très fraîche, un soleil radieux brillait sur Pékin.

Elle n'était pas la seule à se promener et ses « anges gardiens » ne devraient se méfier de rien. Pour un Chinois, aller se promener dans un parc était parfaitement normal. Elle essaya de ne pas penser : si elle se faisait prendre avec le mot qu'elle allait déposer dans la boîte aux lettres morte, elle était fusillée à tous les coups…

Son pouls grimpa brusquement : un homme était assis sur « son » banc, en train de lire *Renmin Ribao* ! Impossible de s'y installer.

Elle passa devant sans s'arrêter et continua faisant le tour du Stupa. Marchant le plus lentement possible. Vingt minutes plus tard, elle arriva de nouveau en vue du banc. Il était vide et le promeneur y avait laissé son journal.

Lou Zhao s'y assit et ramassa le *Renmin Ribao* qu'elle commença à lire. Les mots dansaient devant ses yeux. Déjà, en temps ordinaire, le Quotidien du Peuple n'avait aucun intérêt… Enfin, elle posa le journal à côté d'elle et fouilla dans son sac pour y prendre son paquet de cigarettes, et, en même temps, la boîte métallique contenant le message pour Malko.

Son pouls devait être 200.

D'un geste naturel, elle laissa pendre sa main et glissa les doigts sous le banc. Après avoir trouvé la cache, elle y introduisit le mini-container qui fut aussitôt attiré par l'aimant. Ensuite son pouls se calma progressivement. Elle s'imposa de rester encore une demi-heure, reprit le journal, puis, finalement, se leva et se dirigea vers sa voiture.

Désormais, tout était entre les mains de Malko.

***

Malko avait attendu que la nuit soit en train de tomber pour prendre la route du parc Bei-Hei. Il n'y avait pas beaucoup d'étrangers qui venaient s'y promener en semaine.

Il laissa sa voiture dans le parking et gagna le chemin contournant le Stupa. Sans rencontrer personne. Les Chinois dînaient tôt.

Arrivé au banc, il ne perdit pas de temps et glissa la main vers la cache secrète.

Première bonne surprise : le mini-container était là. Lou Zhao avait pu tenir parole. Il le glissa dans sa poche et repartit vers sa voiture.

Par superstition, il s'abstint de l'ouvrir tant qu'il n'eut pas regagné sa planque. Dépliant alors avec soin le papier de Lou Zhao.

D'abord, il eut envie de crier sa joie : le général Li Xiao Peng avait dit « oui » à son exfiltration. La dernière phrase doucha son enthousiasme : le général *exigeait* que Malko se trouve dans l'avion avec eux. Il n'avait pas confiance dans les Américains et sa présence le rassurait. Ainsi il était certain que les Taïwanais n'abattraient pas l'appareil…

Le fait de se trouver dans l'avion du général ne posait pas de problème à Malko, mais comment y arriver ?

Rapidement, il rédigea une réponse. Bien sûr, il acceptait, mais comment le général Li Xiao Peng comptait-il lui faire rejoindre son avion, situé dans une base militaire sévèrement gardée ?

Le papier remis dans son container, il ressortit. C'était l'heure du rendez-vous avec les gens de Al Snyder.

Il repartit à pied.

Lorsqu'il arriva à l'entrée du chantier, après avoir garé sa Toyota, une voiture garée dans le chemin y conduisant lui adressa un bref appel de phares. Les deux jeunes « case-officers » étaient là. Il se glissa à l'arrière et le passager lui tendit un thermos de café.

– Vous devez en avoir besoin, sir.

Pour une fois, Malko trouva le café américain à peu près buvable. Il tendit le mini-container au jeune Américain.

– Soyez au magasin de DVD, dans la « back-room », demain, entre onze heures et midi. Lou Zhao viendra. Remettez-lui le message et rappelez-lui que le prochain rendez-vous sera après-demain dans le parc.

– Vous ne voulez pas regagner l'ambassade, sir ? insista un des deux Américains. Vous devez en baver…

– À l'ambassade, je serais coincé, expliqua Malko. Je vous revois après-demain même heure.

***

Zhou Yongkang n'arrivait pas à se concentrer. En dépit de la surveillance de l'ambassade américaine, aucune trace de Malko Linge ! Comme il n'y avait aucun employé chinois à l'intérieur ; impossible d'avoir un indice.

Plus grave, Al Snyder ne l'avait pas appelé. L'Américain avait promis de le faire dès qu'il recevrait la réponse à la lettre de Zhou Yongkang engageant la Chine.

Or, il n'osait pas relancer.

Il se donna encore vingt-quatre heures de délai. Désormais le voyage d'inspection du général Li Xiao Peng était prévu trois jours plus tard.

Et, son arrestation, le surlendemain, loin de Pékin.

Il respirait quand même mieux.

Les écoutes de l'appartement ne révélait rien de nouveau : Lou Zhao et son amant semblaient filer le parfait amour, comme si de rien n'était.

***

Malko était au volant de sa voiture, garée à l'endroit habituel lorsqu'il aperçut la Toyota de l'ambassade américaine. Qui se gara derrière lui. Aussitôt, un « case-officer » en émergea et le rejoignit.

– Tout a été OK, annonça-t-il. La dame était là et elle m'a remis ceci.

Malko prit le mini-container et l'ouvrit. Il contenait deux feuilles de papier. Il commença par le message de Lou Zhao. Plus il avançait dans sa lecture, plus son pouls grimpait et ses artères charriaient de plus en plus d'adrénaline. Si Dieu le voulait, il était proche de réussir son pari.

Le cœur battant, il prit le second document et le tendit au jeune « case-officer ».

– Voici le plan de vol de l'avion du général Li Xiao Peng de l'aéroport militaire de Pékin à Fuzhou, pour après-demain. Heure de décollage et d'arrivée prévue à Langtian, tout y est noté : altitude, vitesse, temps de vol. Il n'y a que 2.334 kilomètres entre Pékin et Langtian.

– Et vous, sir ? demanda le jeune Américain. Que devenez-vous ?

Malko lui sourit :

– Je serai à bord. Voici un mot pour M. Snyder, je ne suis pas sûr de pourvoir lui dire au revoir.

L'Américain le regarda, surpris.

– C'est tout, sir ?

– Oui. Dites seulement à M. Snyder qu'il tient nos vies entre ses mains. Si les choses ne se passent pas comme il faut, les Chinois ne nous rateront pas. Je ne vous reverrai pas. Merci.

Il lui serra longuement la main et regarda la voiture s'éloigner.

Les dernières vingt-quatre heures allaient être une mortelle course d'obstacle.

***

Il était huit heures pile. Malko n'avait pratiquement pas dormi. Il avait quitté Flagrant Hills une heure plus tôt, à cause des embouteillages. La Toyota était garée à quelques mètres de là. Lui se dirigea vers un abribus, situé presque en face de la station de métro Gongzhufen.

Quelques Chinois attendaient déjà et ne prêtèrent aucune attention à lui.

Intérieurement, il avait l'impression que son cœur allait s'échapper de sa poitrine. Il se disait aussi qu'il devait avoir une drôle d'allure, pas coiffé, pas rasé.

Les dix minutes qui suivirent furent une crucifixion. Si la voiture ne venait pas le chercher, c'était foutu.

Enfin, il aperçut une Pajero noire coincée un peu plus loin dans les embouteillages, venant dans sa direction, le genre de véhicule utilisé par les militaires. La Pajero se rapprocha et il put voir la plaque d'immatriculation de l'avant : deux caractères chinois en rouge, cinq chiffres en noir sur un fond blanc. Un véhicule militaire.

Deux minutes plus tard, la voiture mit son clignotant et stoppa pile en face de l'abribus.

D'un bond, Malko ouvrit la portière avant côté passager et s'engouffra à l'intérieur. Il n'y avait qu'une personne dans le véhicule, l'homme qui conduisait, une cinquantaine d'années, les cheveux très noirs, en civil. Il se tourna vers Malko avec un sourire contraint et dit en anglais :

– *Have no fear, I am Li Xiao Peng*[1].

Ainsi, c'est le général lui-même qui venait le chercher. Où se trouvait Lou Zhao ? Malko n'osa pas poser la question. Ils roulèrent plus d'une heure dans Pékin, ralentis par les embouteillages. Puis ils sortirent de la ville par le nord. Encore dix minutes et ils longèrent un interminable grillage enserrant un aéroport.

Jusqu'à une porte éloignée des hangars de la tour de contrôle, gardée par deux sentinelles. Le général s'arrêta, baissa sa glace et lança quelques mots d'un ton sec.

Aussitôt, un des deux soldats se précipita et ouvrit un des battants de la porte. Le général Li Xiao Peng redémarra et s'engagea sur un chemin asphalté suivant la clôture.

Malko se tenait coi, retenant son souffle.

Le général semblait très à l'aise ; ils roulèrent quelques minutes, longèrent des hangars et se dirigèrent vers un parking où se trouvaient plusieurs avions. La Pajero s'arrêta devant un biréacteur blanc à aile haute portant sur son flanc l'étoile rouge chinoise et un chiffre dans la dérive. La porte avant était ouverte et une passerelle déployée.

1. Ne craignez rien. Je suis Li Xian Peng.

– *Follow me*[1].

Il grimpa la passerelle, Malko sur ses talons. Une fois à l'intérieur, celui-ci s'aperçut que l'appareil était divisé en deux parties. Normalement le bombardier Challenger 100 prenait soixante-dix passagers. Le général Xiao Peng avait aménagé le sien d'une façon spéciale le coupant en deux. Une partie aménagée en espace privé, allant du cockpit à la fin de ce qui aurait pu être une classe première, dans un jet commercial.

Ensuite, des rangées de sièges confortables.

Li Xiao Peng ouvrit une porte desservant la partie fermée et y poussa Malko.

C'était un petit appartement privé, avec un salon, une chambre et une salle de douche. Complètement séparé du reste de l'appareil.

– *Seat down* ![2] lança-t-il à Malko.

Celui-ci prit place sur une banquette ronde, autour de ce qui devait être une mini-salle de conférence, tandis que le général Li Xiao Peng ouvrait une autre porte donnant sur l'avant. Malko aperçut un cockpit avec deux hommes en uniforme aux commandes. Le général bavarda quelques instants avec eux puis revint dans « ses appartements ».

Malko avait envie de se frotter les yeux. Lui, agent de la CIA, se trouvait dans l'avion personnel d'un général chinois, sur un des terrains militaires les mieux gardés de Pékin.

1. Suivez-moi.
2. Asseyez-vous.

Évidemment, tant qu'ils n'auraient pas décollé, tout pouvait arriver.

Le général revint vers lui et ordonna :

– *You stay here. You don't move. Taking off in thirty minutes*[1].

Il rouvrit la porte donnant sur le couloir et la referma. Malko entendit une clef tourner dans la serrure : il était enfermé.

1. Restez là. Ne bougez pas. Décollage dans trente minutes.

CHAPITRE XXVI

Malko sursauta en entendant un bruit de voix de l'autre côté de la cloison. Très vite, il comprit ce qui se passait : plusieurs personnes étaient en train de monter dans l'appareil pour s'installer dans la partie arrière.

Forcément, des officiers de l'armée de l'air chinoise.

Plus mort que vif, il pria silencieusement pour que le général Li Xiao Peng reparaisse vite.

Où était passée Lou Zhao ?

Il ne se posa pas longtemps la question : il y eut un bruit de serrure et la porte s'ouvrit sur la jeune femme, portant plusieurs sacs, flanquée du général Li Xiao Peng.

La Chinoise adressa un large sourire à Malko.

– Je n'y croyais pas ! Li avait bloqué son chauffeur avec moi, pour faire des courses, ce qui lui permettait d'aller vous récupérer seul.

Le général s'assit sur la banquette et alluma une cigarette. Deux coups furent frappés à la porte et le pouls de Malko monta comme une flèche. Le général, sans bouger, lança une interjection en chinois. Au même moment, Malko entendit un bruit sourd : on venait de fermer la porte avant.

Il en aurait hurlé de joie. L'impossible était en train de s'accomplir.

Puis le bruit des réacteurs emplit la cabine. Encore deux ou trois minutes et l'appareil commença à rouler, pour gagner la runway.

Un silence de mort régnait dans la cabine. Malko vit que Lou Zhao tenait la main du général Li Xiao Peng.

Il y eut un court point fixe puis le biréacteur commença à rouler, de plus en plus en vite, jusqu'à ce que les roues quittent le sol.

Le général Li Xiao Peng avait le visage collé à un hublot. Il le garda tant que les bâtiments et le terrain furent visibles. Lorsqu'il tourna la tête, Malko vit que son visage était inondé de larmes.

***

Ils volaient depuis deux heures et ne devaient plus se trouver loin de Langtian. Bientôt, l'appareil aurait dû amorcer sa descente.

Durant tout le vol, ils n'avaient presque pas parlé. Le général Li Xiao Peng était allé un moment à l'arrière bavarder avec les officiers de sa « suite ».

Durant son absence, Lou Zhao avait précisé à Malko :

– Ils ne se doutent de rien. Si tout se passe bien, ils pourront regagner la Chine, s'ils le souhaitent.

Le général Li Xiao Peng réapparut et s'assit à côté de Malko. Celui-ci ne put résister à poser la question qui lui brûlait les lèvres :

– Général, qu'y a-t-il de vrai dans « *Red Dragon* » ? Maintenant, cela a moins d'importance. Les Américains vont sûrement vous poser la question.

D'abord, il crut que le général n'allait pas répondre. Il bredouilla quelques mots en anglais, puis, se tourna vers Lou Zhao et lui tint un long discours en chinois.

Lou Zhao, qui avait entendu la question de Malko, se pencha vers lui.

– Il vient de me dire que c'était un projet conçu par un certain nombre de faucons, dont il faisait partie. Avec l'appui de quelques anciens dirigeants. Un projet tout à fait viable.

« Seulement quand ils l'ont soumis aux membres du Comité Permanent du Parti Communiste avec qui ils étaient en symbiose politique, ceux-ci leur ont conseillé de l'abandonner. Pas à cause des Américains, mais de la déchirure que cela pouvait causer à l'intérieur du Parti.

« Lorsqu'il m'en a parlé, il n'arrivait pas à croire que « *Red Dragon* » allait être abandonné. Sous l'influence du cognac, il s'est mis à fantasmer. Sur ce qui était prévu.

Le général était retombé dans son mutisme.

Lou Zhao lui adressa quelques mots en chinois. Li Xiao Peng laissa échapper une seule phrase, en secouant la tête.

– Je lui ai demandé s'il acceptait de prendre le contrôle de l'appareil, expliqua Lou Zhao. Il m'a dit qu'il ne s'en sent pas capable. Il faut y aller nous-mêmes. Je vais lui demander son pistolet.

– Inutile, dit Malko, j'en ai un. Mais je suppose que les pilotes ne parlent que chinois.

– Je vais y aller avec vous, proposa la jeune femme.

Malko se leva, avec un sourire un peu crispé.

– *Let's roll* ! [1].

Elle passa devant lui et ouvrit la porte du cockpit. Le pilote se retourna en voyant Lou Zhao derrière lui et lui adressa un sourire chaleureux.

Qui se figea instantanément en voyant le Glock dans la main droite de Malko.

Lou Zhao interpella les deux pilotes d'une voix aiguë, forcée. Quand elle se tut, elle tendit au pilote un morceau de papier avant de se retourner vers Malko.

– Je leur ai donné le cap à suivre. Nous allons passer au-dessus de Langtian dans dix minutes. Je leur ai ordonné de couper le transpondeur et que, précisemment s'ils désobéissaient, vous commenceriez par mettre une balle dans la nuque du copilote.

– Vous leur avez dit où on allait ?

1. On y va !

– Non. Ils s'en doutent. Je retourne voir le général et je reviens. Il est très mal.

Malko resta seul, arme au poing. Les pilotes semblaient avoir pris leur parti de la nouvelle situation et l'appareil continuait à voler à l'horizontale.

Lorsque Lou Zhao revint, une voix visiblement inquiète glapissait en chinois dans les haut-parleurs du cockpit :

– Qu'est-ce que c'est ? demanda Malko.

– Le contrôleur aérien de la base de Langtian. Il ne comprend pas pourquoi notre avion n'a pas amorcé sa descente.

Les glapissements continuaient, de plus en plus hystériques. Lou Zhao se tourna vers Malko.

– Ils préviennent les Sukhois 30 basés sur le terrain pour qu'ils nous poursuivent et nous abattent. Ils ont compris.

Un seul missile de Sukhoi pulvériserait le jet.

– Combien leur faut-il de temps pour décoller ?

– Le général m'a dit quinze minutes. Cela devrait aller.

Ils se turent. Des bruits, des voix sortaient des haut-parleurs. Malko regardait fixement le ciel vide devant lui. Les Sukhois devaient être en train de décoller. Le temps qu'ils atteignent 30 000 pieds leur donnait un peu de répit.

Le vol se poursuivit dans un silence de mort. Malko scrutait le ciel vide devant, la gorge serrée. Rien.

Maintenant les Sukhois devaient être sur leurs talons et ils volaient beaucoup plus vite qu'eux.

Encore cinq minutes d'angoisse et, soudain, Malko aperçut deux points argentés qui venaient vers eux.

Son estomac se noua. Les Sukhois les avaient rattrapés. Les points grandirent, se rapprochèrent. Des chasseurs. Quelques secondes plus tard, ils passaient de part et d'autre de l'appareil en battant des ailes.

Malko eut le temps de voir un soleil blanc dans un cercle bleu, les couleurs de Taïwan sur le flanc d'un des appareils.

Deux autres passèrent à leur tour, comme des traits d'argent.

Malko était tétanisé. Tout pouvait encore arriver. Puis, quelques instants plus tard, il aperçut sur la droite de leur appareil, un chasseur volant à leur niveau.

Il était si près qu'on pouvait voir le pilote. De nouveau, le chasseur battit des ailes.

C'étaient les Mirages 2000 F25 de Taïwan. Deux avaient pris position de chaque côté du Challenger 100 du général Li Kiao Peng. Certes, les Sukhois les pourchassaient mais oseraient-ils attaquer. Soudain, une voix lâcha dans le haut-parleur du cockpit quelques mots en chinois. Lou Zhao éclata d'un coup en sanglots nerveux puis se tourna vers Malko.

– C'est l'opérateur radar de la tour de contrôle de Taïpeh. Nous venons de partir dans l'espace aérien taïwanais.

«TOUTE RESSEMBLANCE AVEC DES PERSONNES EXISTANTES...»

PRIX TTC : 6,10 €

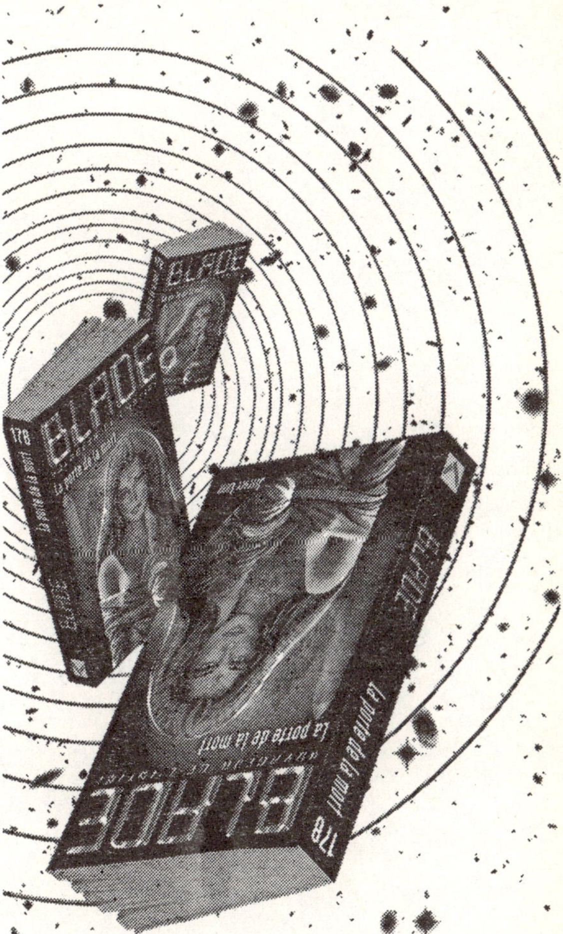
178
BLADE
La porte de la mort

ENFIN DISPONIBLE

L'ANTHOLOGIE ÉROTIQUE

DE

SAS

UN LIVRE ÉVÉNEMENT

384 PAGES

PRIX FRANCE TTC 17€

Cet ouvrage a été imprimé en France par

CPI
BUSSIÈRE

à Saint-Amand-Montrond (Cher)
en mai 2011

Mise en pages : Firmin-Didot

ÉDITIONS GÉRARD DE VILLIERS
14, rue Léonce Reynaud - 75116 Paris
Tél. : 01-40-70-95-57

— N° d'imp. 110264. —
Dépôt légal : mai 2011.